懷鄉 思親 念美濃

劉洪貞◎著

在萬象更新的新年

謹以此書

獻給最敬愛的高堂老母

黃月雲女士

並祝福她

萬事如意　平安快樂

推薦序

性定菜根香

監察院院長辦公室主任　劉省作

六十三篇小品文的集結出版，是家姊的心血結晶。值得為她喝采！

《懷鄉思親念美濃》涵括〈故鄉的月〉、〈醬油拌飯〉、〈用心良苦〉這三個部分。每一篇散文，都是以平凡人的眼光，從其大半生的生活淬煉中，凝聚成文字，訴說親情掌故、鄉居瑣事、人情冷暖、柴米油鹽、應對進退與積極向上的種種，從而演繹出質樸簡練的筆觸，幻化成一篇篇宜古宜今的醒世文章。看似平淡無奇，細細品味，隨個人閱歷之不同，每見其不同真滋味。

文字的駕馭組合從來不是一件容易的事。「五四運動」的健將朱自清、徐志摩、林語堂等先生們的散文，是多年以來讀書人必讀的作品，其雋永與扣人心弦處，自有其深層的見解、情感的融入，與對文字的掌握力度，因此可以歷久彌新。而家姊的散文集，在很多人眼中，也是以通俗習用的文字，平鋪直敘的表述實況與見解，因此粗看之下，並不覺深蘊其中的香醇甘美，但是若能融入不同的時空情境，則每能有深得吾心之感。此從獲得《聯合報》繽紛版、點燈基金會徵文金榜的兩篇文章，可以證明為文投稿是一件辛苦事，也是樂事。

一篇文章，要獲得編輯的認可，或者取得多數評審的認同，都不是件容易的事；而家姊的文章，散見於各報章雜誌，再將之編輯成書，自有其一定的功力暨評價。常常有一些朋友，在展讀之餘，分享共鳴處，其情緒之感動，難以言喻，連我也深受感染。

台灣社會這數十年的變化，從第二次世界大戰的經濟凋零，到戰後的百廢待舉，農村的破落與辛酸，過渡到工業社會的富足；泰半的鄉親，已然忘卻昔日的苦難所養成的勤儉樸實與人情純厚。而今，辛苦的事，少見人做；待遇少的事，不願做；以致百業缺工，怨嘆待遇太少。殊不知，沒有技術，創造的利潤本就有限，怎能奢望有多高的待遇；而雇主沒有利潤，又怎能提高受僱者的待遇？和諧的昔日台灣農村，鄉親們沒日沒夜地投入工作，不怕過勞，不在乎有沒有加班費，也從不要求政府補助，只為了一家的溫飽與做人的尊嚴；這不只見於我的故鄉美濃，全台灣的民眾都是一樣爭氣，一般的努力，知足且守分，所以創造了台灣奇蹟，亞洲四小龍之首的經濟！

捧讀家姊的作品，回首美濃數十年來的種種，這個台灣社會蛻變的縮影。我堅信社會人心的提昇，與人際關係的回暖，皆應從自我做起。人能自立，廣布慈愛，家必能和諧；家家和樂，樂於助人，社會、國家定能充滿活力，富強康樂。但願，有心有力者，共同用心，力促實現一個好禮、守法、和諧的大社會！

自序

愛在美濃

劉洪貞

每次回美濃，我都會覺得好幸福，因為觸目所見都是親切的鄉親、熟悉的美麗田園，還有濃得化不開的鄉情。雖然我住都市的時間要比住美濃多很多，但在都市裏，我就感受不到人與人之間互動的溫暖氣味，那份來自真情的關懷，就是比不上美濃的濃郁和芬芳。

例如在美濃，大家親如家人，有叔婆、叔公，有大哥、大嫂、阿姨、姑姑，在都市就不同了，只有李先生或張小姐，那怕比鄰而居了好幾年，還不知道左鄰右舍姓啥，那都是稀鬆平常的事。

或許是有感於此，所以只要有機會，我都會把美濃的文化、風土民情及生活點滴寫下來，希望透過不同報刊的發表，讓更多人看到美濃、喜歡美濃，進而光臨美濃、遊覽美濃，享受一下屬於美濃客家的特殊風情。

就這樣，在本書的第一輯中，〈美濃在哪裏？〉、〈春耕頌〉、〈懷鄉思親念美濃〉、〈晚景〉、〈拾穗〉，甚至於在〈夥房〉中，都有不少的著墨。每一篇都透過不同的故事，來闡述美濃的過去與現在，只希望透過這樣的書寫，能為美濃的改變，留下最真實的見證。

近年來因大環境的改變，務農的收入常因天候的變化而大受影響，讓很多的年輕人只好往都市發展。於是原來忙碌熱鬧的農村景象已不復存在，村子裏多的是年長的長輩們孤獨的身影。每回寫起這些，我的心總有說不出的感傷，諸如此類的故事，在不同的篇章裏，都可嗅出些許的淒涼。

由於工作的關係，我有很多機會接觸不同行業的人。我常覺得每個人的生長環境不同，個性也有異，所以對生活的態度及價值觀也很不一樣。因此只要讓我覺得充滿能量、有建設性的言行，我都會很樂意讓這些故事躍然紙上。

第二輯中的〈一對父子的婚禮〉、〈婆婆的願望〉、〈醬油拌飯〉、〈那天下午，我坐上救護車〉、〈一份禮物萬份情〉、〈公婆伸出援手〉，以及〈吃完一鍋地瓜〉，都是發生在你我身邊溫馨有趣的故事，它有笑有淚，希望和大家分享。

另外，在多元化的社會中，每個人的生活領域不同，工作性質也有不一樣，於是許多的人際關係的處理，以及面對緊張生活而帶來的壓力，都會讓很多人的生活品質受到影響。於是我常把在演講中聽來的，或是書中看來的，覺得有助於讀者的，也都會透過發表，讓更多人做為借鏡。例如第三輯中的〈帥哥！加油〉、〈這些人，那些事〉、〈放棄所有獲得全部〉、〈樂天知命〉和〈用心良苦〉，都是很陽光、很勵志的。

我經常利用零碎的時間，把一篇篇作品完成，僥倖地被刊在《國語日報》、《月光山雜誌》、《自由時報》、《警友之聲》、《人間福報》和《聯合報》。由於發表的作品不少，累積很快，於是收集成新書。

《懷鄉思親念美濃》是身為美濃女兒的我，透過書寫來表達對美濃的感懷，以及無窮的思念。儘管才疏學淺的我寫得不是那麼好，但不容否認的是，它的每個字都出自肺腑，希望長輩們能給自不量力的我多一些指教，讓我能有所長進，這份恩澤我必沒齒難忘、永記心懷。

再一次出書，我除了再一次地感謝我的父母，在困苦的環境下，還讓我進學堂念書識字外，更要感謝有好山好水的美濃，是這樣得天獨厚的環境，才孕育了我的成長，讓我一直能保持著質樸、惜福、樂觀、進取的赤子之心，這也是造就所有文字的動力來源，讓我有取之不盡、用之不竭的好題材。

此次小書可順利出版，要感謝生智文化事業有限公司閻總編輯富萍小姐熱心相助、用心編排。也要感謝小弟省作在百忙中撥冗賜序，為小書多添一絲光彩。更要感謝多年以來，一些識與不識的讀者們，不斷地用各種方式給予鼓勵和支持，讓我信心倍增，可以盡情地揮灑。這些在在讓我謹記在心，不敢有絲毫倦怠，就怕辜負他們的厚愛。

一年又復始，在新的一年裏，很誠摯地祝福所有讀者們：萬事如意、歲歲平安！

目錄

第一輯　故鄉的月

第二輯

醬油拌飯

第三輯 用心良苦

第一輯

故鄉的月

春天進了我家門

趁著連假，把家中雜物整理了一下。由於孩子們因工作都住在外面了，所留下的衣物再穿的機率不高，我把它們歸類疊好，做資源回收。

三個書櫃的書，我分門別類把它們擺放在同一個書櫃，並掛上標示牌，方便信手拈來。至於多出來的非專業的書刊，如散文、小說、旅遊書或食譜，我都重新過濾，不再想看的，就捐給社區活動中心或圖書館，希望讓更多的愛書人可以分享翻閱。畢竟，能讓好書被傳閱是雅事。

以前孩子們上班都騎腳踏車，自從屋後的「信義捷運線」通車後，上班改搭捷運，兩輛腳踏車就在院子晾著。由於它完整如新，只是放久了，輪胎的氣消了，我心想，若把它賣給收舊報紙的，太可惜了。為了重新賦於它新生命，好發揮功能，為新主人代步，我把它搬出來，洗去灰塵，擦拭乾淨，再把輪胎的氣灌滿。就這樣，一輛嶄新的腳踏車重現了。

我把腳踏車和另外清理乾淨的兩個書櫃，以及一張電腦桌、兩把椅子，全都搬到樓下，並請里長伯廣播一下，看看有沒有需要這些東西的鄰居，可以繼續使用。沒想到才播出，就有鄰居過來表示，他們家的孩子正在念書，很需要這些書桌、書櫃。看他們開心接受，我更高興能為陪我好多年的它們，找到新的主人。

把多出來的已用不上的物品搬離後，房間變得寬敞明亮多了。放書桌的地方，正好對著豪宅鄰居的中庭花園，薄霧般的噴水池邊，十幾棵粉色櫻花正在綻放著；蜿蜒的走道上，各色各樣的海棠，爭奇鬥艷，美不勝收；似有若無的桂花香，總是隨風飄送。讓春天就這樣不知不覺地進了我家門。

那個原本放腳踏車的院子空出來後，我搬來盛開的三色杜鵑，並擺上一張竹椅，偶爾在這兒，看看書報，曬曬冬陽，真是舒適。沒想到利用假日，把家整理一下，會讓一個家處處春意，真的感覺很意外。

106.4.11《聯合報》

美濃在哪裏？

由於多年來一直在菜市場做生意。我很喜歡菜市場那種臥虎藏龍、融合三教九流、來自不同文化背景的人一起相處生活的氛圍。

因為這些人來自不同的地方，每個人的生長環境不一樣，教育程度也有異，也說著不同的語言。儘管如此，大家為了能共同一起做生意，為了生活忙碌，都能相知相惜，相互尊重和友愛。

所以在市場裏，只要看到讓我感動或窩心的事，我一定把它寫下來，希望透過報刊的發表，讓更多的人來分享。

沒想到只要有這樣的作品在報上發表，我一定會收到讀者的來信，告訴我他們很喜歡這類的文章，因為他們不知道看起來只是簡單的賣些日用品的地方，會有這麼多不為人知的趣事，因此希望我多寫一些發生在菜市場裏面的點點滴滴，好滿足他們的好奇心。

菜市場裏除了很多攤商們情義相挺、相互幫助、充滿濃濃人情味的故事之外，還有一些很有趣的抬槓畫面。一些老闆們常在生意的空檔聊八卦、聊是非。由於每個人年齡不同、信仰不同、政治立場不同、觀念也不一樣，對事物的接受度也會因角度的不同而有所差別，於是很多有趣又不傷大雅的畫面，會出現在不同角落。

有時雙方難免爭辯得臉紅脖子粗，但都能握手言和，表現出高質的君子風度，因為這沒什麼，大家好玩而已，說說笑笑，開心一下。畢竟大家都是來菜市場賺點錢，順便打發時間，能平安過日子才是最重要的。

記得那天我正在為要訂做布包的客人量尺寸、選布料、算價位時，隱約地聽到離我五六攤的地方，斷斷續續地出現「美濃」兩個字。賣鹹蛋的六十出頭、身高體壯的老闆很肯定地說：「美濃在屏東。」

他隔壁攤那位約四十歲上下、戴著耳環、穿著紅格子襯衫、被稱為師奶殺手的賣泡菜的帥哥說：「據我所知，美濃好像在高雄耶！」他此話一出，壯壯的老闆又說：「你懂什麼呀？我去過兩次耶！你去過嗎？」

帥哥一聽，靦腆地抓了抓頭說：「我是沒去過啦！」正當他們在你來我往時，雙方的客人都上門了，大家又各忙各的生意，這件事對他們來說結束了，只是沒有真正的答案。

中午過後，大家要收攤時，帥哥經過我身邊，我忽然想起早上發生的事，順口問他：「剛剛你們怎麼會提起『美濃』？」他「哦」了一聲後表示：「賣水果的伯伯今天有賣美濃瓜，因客人一直問伯伯『美濃』在哪裏，賣鹹蛋的大哥就說：『在屏東。』但我覺得，好像在高雄耶！」我笑著回答他：「本來就在高雄。」

他聽到我的肯定，笑嘻嘻地問我：「阿姨！您怎麼知道？」我說：「那是我的家鄉！我生長的地方，這個答案夠清楚吧！」他一聽有點驚訝地問我：「那您會說客家話嗎？」因為他曾聽過「美濃」是客家庄。我當然地點了點頭。

沒想到，他聽了我的話之後，如同中獎一般，開心地跑去告訴賣鹹蛋的老闆：「美濃是在高雄哦！不是在屏東。」結果鹹蛋老闆有點不可置信說：

「是這樣啊！過去我一直把它當成在屏東，原來是我錯了，下回要改進。」說完彼此哈哈大笑，這真是理越辯越明。

這就是市場風情，在這裏人與人的互動親切有禮，沒有年齡層的代溝，大家亦師亦友，相互學習，相互寬容，只要肯用心，可體會很多課本上學不來的東西。

106.6.29《月光山雜誌》

懷鄉思親念美濃

身邊的朋友常問我：「為什麼喜歡在農曆的十五日回美濃？」我的回答是：「那是美濃月兒最圓、最美的日子，因為那樣的日子，思鄉最切、最濃。當然最不能否認的是，我怕高齡老母有時把國曆、農曆的日子搞混了，乾脆約定月圓的日子我們就相聚，這樣她就有個明確的期待。」結果朋友對我的答案，不僅非常認同，而且覺得非常浪漫，還意義非凡哪！

那天傍晚，我和媽媽沿著田間小路，往回家的路上走。路邊一畦畦的蜜番茄，在夕陽的餘暉下，閃爍著金黃的光芒。幾位農婦正在加緊趕工，希望天黑前能夠把工作做完。

除了摘番茄的，還有拔蘿蔔的，一堆堆綠白相連的白玉蘿蔔，就如一堆堆白花花的銀子，為農家帶來希望和收入。幾畝已落葉的紅豆，正等待主人來採收。大地一片豐收的景象，讓遲歸的白鶴，慵懶悠閒地停在樹梢上。

晚飯後我和媽媽在禾埕上聊天，偌大的三合院，只有我們母女，所以顯得特別的寧靜。又大又圓、皎潔明亮的月兒，高高地掛在湛藍的天空上。那一望無際的祥和田園中，有錯落的幾户人家，暈黃的燈光下，是一個個溫馨美滿的家。偶爾傳來狗吠聲似近卻遠，忽現而過的營火，就像流星般滑過，留下美麗難忘的畫面。這樣像似一點點似有若無的聲影，為無垠的大地，美濃農村的一角，憑添了幾許更立體、更完美的獨特景色。

看著淡淡金黃的月兒高掛，看著月中的吳剛，還是和我小時候看到的一樣，戴著斗笠、穿著白上衣黑短褲，努力地在伐樹；身邊的玉兔，還是忙著搗藥，那份靜中帶動的情景，數十年如一日，美得讓人驚歎和感恩。

我告訴媽媽，美濃的月亮既美又亮，是我在台北多年來從未見過的。本以為媽媽會說：「不會吧！月亮就這麼一個，去到哪裏都一樣的。」沒想到有智慧的她，給了讓我驚訝的答案。

她表示，共天本是各世界，台北的天空被林立的大樓遮住了，怎麼會看到月亮呢？它怎麼能跟美濃比？走到哪兒就有明月相隨，大家都可以享受抬頭望明月的喜悅，不然怎麼會有「美濃是好所在」的說法。媽媽的妙答，讓我心悅誠服地幫她按了好多個「讚」。

美濃除了讓人心繫的明月，還有濃得化不開的人情味。每次回去，鄰居們都要送我一些農產品，她們都說是自己種的吃不完，就送我一些。其實我深知她們的好意，總要找個理由，讓我在無壓力之下接納。

儘管我說了一大堆的理由，還是阻止不了她們銳不可擋的熱情。那天有人送來一袋蘿蔔，有人送來一大顆滴著水珠的高麗菜，還有人要送我貴如黃金的芭樂。我在盛情難卻下，收了夠我家吃兩天的四條白玉、一顆芭樂以及半顆高麗菜。

雖然我常說「在台北，我家附近就有兩家超市，要買一些蔬果不難」，但他們都認為自己種的，農藥的控管比較好，吃起來比較放心。這一點我當然非常認同，只是每一次的分享，對我來說是一份美麗沉重的負擔。畢竟，人情債難償啊！

很慶幸能生長在美濃，一個充滿人情味又有美好天然景致的地方。每一回我期待著回鄉的日子，好沐浴在充滿親情、鄉情的地方，感受親情的滋潤，享受大自然的優美。

106.3.19《月光山雜誌》

故鄉的水

每天在菜市場擺攤做生意，經常看到隔壁的菜攤或水果攤，賣來自美濃的香蕉、敏豆、木瓜……每次看到印著「美濃」字樣的紙箱，我都特別高興，那種他鄉遇故知的喜悅，常無意中襲上心頭。

那天我問起水果攤的老闆：「您好像很喜歡賣美濃出產的水果？」結果他答得很肯定：「對呀！美濃水質好，沒有工廠排廢水的問題，所以水果的品質很好；加上南部天氣熱、雨水少，所以果肉綿密，而且甜份高，很受消費者喜愛。」

聽他這麼說，感覺他對美濃很熟，我順便問他：「那您到過美濃嗎？」他說：「有！而且差一點當了美濃女婿。」他這樣的回答讓我很好奇，當然很想聽聽他的故事。

他表示五十多年前在鳳山當兵時，有位同袍就是美濃人，是姓傅的，家裏有兩棟菸樓，不僅種了很多菸葉，還種了很多香蕉。每次休假時，他就跟著傅先生到美濃。

由於大家都在忙農事，所以他也跟著忙裏忙外，割稻子、挑香蕉、挑菸葉他都做過。他感覺當時的美濃，好像與世隔絕，很封閉，大家只說客家話，他常覺得自己進入了另外一個世界。而這個世界的人，只知道沒日沒夜地工作，天未亮就出門，天黑了還在田裏。他不知道人生為什麼要這麼辛苦。

在當兵的兩年裏，他到過美濃無數次，或許表現不錯，傅先生有意將雙十年華的妹妹介紹給他。傅先生的意思是，妹妹若嫁入河洛庄，就不必天天下田工作。當妹妹的對哥哥的提議沒意見，但傅爸爸、傅媽媽認為，不會講河洛話，怎麼能嫁去河洛庄，會吃虧的。

其實，他當時有告訴傅家雙親，話不通是可以學的，住久了自然就會講。他認為生活上，語言不是大問題，但傅家雙親愛女心切，怕女兒吃虧，這件事就這樣結束了。

我告訴他，語言真的不是問題，家母七十多年前，是第一個嫁入美濃的河洛人，不僅半句客家話都不懂，而且無法想像沒鞋子穿的腳，怎麼能走在巴掌大的田埂上。但她卻憑著一股堅強的意志力，很快地學會客家話，融入客家生活，上山下田無所不能。幾十年來的表現，比起客家女人，是有過之而無不及。雖然七十多年過去了，她還有幾句客家話說得不是很準，卻一點都不影響她在客家庄的生活。

他覺得我說的是有道理，但只能說是緣分不夠啦！提起往事，他臉上有一抹靦腆的笑意。對他來說，往事不如煙，不浪漫也不曲折，但那份曾經擁有的回憶，是有淡淡的甜味的，就像故鄉的水一樣甘中微甜。

106.4.19《月光山雜誌》

拾穗

趁著端節連假，我又回到美濃，發現許多莊稼人正在忙著收割第一期稻作。放眼望去，陽光下閃動著金光，如此的豐收美景，令人忍不住要替辛勤的鄉親們按個「讚」，因為這是您們揮汗換來的，值得慶幸。

記得每次讀到白居易「觀刈麥」中那句「右手秉遺穗，左手懸敝筐」的詩時，我都會想起小時候拾穗的情景。

記憶中，每年的端午節和中秋節前後，就是家鄉美濃稻作的收割時期。早期都用腳踩的打穀機來採收，割稻的工人先把稻穗割好，排成一長排。接著拖來打穀機，把割好的稻穗，在滾動的機器上滑動，穀子就掉進滾筒底下。少了穀子的稻梗就當柴火用，讓物盡其用。

有好些年，日本要做榻榻米，特別來台灣收購稻梗。由於南部太陽烈，曬出來的稻梗不僅呈金黃色，而且還有股稻草香，因此價錢不低，讓鄉下人多了一份收入。那種點草成金、讓農人臉上展笑顏的黃金歲月，一直維持了數年，直到榻榻米不再流行。

小時候家裏人口多，糧食不夠，加上養了一些雞鴨，也需要糧食，所以當鄰居們割稻時，父親要我到田裏去拾穗，好為雞鴨添些糧食。

每年當收割時節時，我每天放學回家，就拎著一個細竹篾編織的竹籃，到收割人家的田裏，尾隨在工人後面，撿拾他們在忙碌中掉在地上的殘穗，一串串地拾起，放入竹籃裏。

回家後媽媽會把這些稻穗攤在竹篩曬乾，再把稻梗去掉，剩下穀粒，便可裝袋保存，慢慢地餵雞鴨。

拾穗是需要眼明手快的，趁打穀機還沒經過時就要拾起稻穀，否則稻穀就被打穀機壓在泥巴裏拾不起來。拾穗都在烈日下進行，因此非常熱，即使戴了斗笠，還是滿身大汗，臉也會曬得紅咚咚。

儘管這分差事，對一個十歲不到的小孩來說很吃力，但我從不以為意，我一直覺得身為老大的，能幫父母分擔一點工作真好。所以我每天開心出門，一定要忙到天黑才回家，心想割稻的季節很快就結束了，必須把握機會。

拾穗的日子持續了好些年。大弟大一些時，我又帶著他一起下田，因多了一雙手，所以收穫更多。

當割穀機來回地在稻田中出現時，拾穗的歲月就結束了，因為機器代替人工的時代已來臨。

或許是從小因拾穗讓我親身體驗種田、收割的辛苦，深深瞭解盤中飧粒粒皆辛苦的涵義。所以每次讀到「右手秉遺穗，左手懸敝筐」時，感觸就特別深。

想想古人會因生活的困苦，提著竹筐下田去拾麥。而我小時候也因家境的需要，同樣提著竹籃去拾穗，雖然年代相隔數千年，但卻是異曲同工，同樣迫於無奈。

很感謝父親，在艱困中開啓了智慧，導引我拾穗，讓我從中體會生活的艱辛，也磨練了我的耐力，和不怕苦的精神。這些都成了我日後在工作時，取之不盡、用之不竭的珍貴養分。

真沒想到拾穗除了能幫家裏一點忙之外，還讓我從中得到這麼多的啓示。

105.8.9《月光山雜誌》

春耕頌

家裏的紅豆和蘿蔔，終於在農曆春節前趕收完成，收完代表一年季節的結束，因為接下來，要迎接新一年的春季。

由於春天的天氣比冬天暖和，是天地萬物生長的最好時節。雖然現在農事都機械化了，但不是大面積的栽種，或是機器進出不易的邊角，還是得靠一家人同心協力來完成。此時正在放寒假的孩子們變成很好的助力，全家一起來，在忙碌中感受辛苦付出後收穫的喜悅。大家收成結束，就開始灌溉翻土，希望新一年的秧苗能在早春播下。

「春耕」在一年之始，能在這個時節播種，是種田人家的盛事。由於雨量較少的冬天剛過，當春天來臨時，會帶來貴如油的春雨。趁著春雨的到來，我們莊稼人就忙碌著，只希望萬物在春雨的滋潤下欣欣向榮，為新的一年展開豐富的生命力。

小時候很喜歡跟著荷鋤的父親四處巡田，父親會順便告訴我，因春天是乍暖還寒，所以秧苗的水不能太少，以免凍傷。當秧苗正綠時，他會指著河岸邊的楊柳告訴我，當楊柳樹上長滿嫩嫩綠綠的小芽時，就是春天來了。

為了善用土地，有智慧的他帶著我，在每棵柳樹的底下種一棵絲瓜苗，讓絲瓜苗攀附著柳樹成長。當絲瓜成熟時，他提著竹籃和掛著鐮刀的長竿，把樹上的絲瓜摘下。把長相較差的絲瓜留著自家食用，賣相好的，讓我提到街上賣，換點小錢貼補家用。

一開始走在街上，我很怕同學看到，常常會猶豫不前，但一想父親為了全家的生活，是那麼用心地栽種，就不會躊躇了。這讓小小年紀的我，感受到春天真是好季節，除了播種插秧，還可以有別的收穫哪！

106.3.9《人間福報》

夥房

一大早，三合院的禾埕上，大人小孩就忙成一團。大人們忙著為剛摘好的小番茄，做挑選、過磅、裝箱的手續，就怕哪個環節品管不周，而壞了信譽，影響到銷售。裝箱完成後，就把它搬上貨車託運，希望它盡快地送到消費者手裏。

小孩子們高興地跑來跑去，不斷地笑鬧，因為難得有機會在這麼空曠的禾埕嬉戲，每個人都樂翻了。像這樣忙碌熱鬧的氣氛，感覺上已好久沒出現在夥房裏了。

由於長久以來在農村就是謀生不易，想想看，種田除了要靠勞力，還得要靠天助，才有一口飯吃。任何種作也都需要經過長時間的栽培，日曬雨淋的細心照顧，才會有收成。有時遇到壞年冬，好不容易熬到快有收成時，卻常因一場風災或人為的因素，影響了收成，眼看著一季的辛苦，就這樣付諸流水。

在收支不平衡，收入不穩定，連最基本的生活都無法保障時，有多少的年輕人，只好紛紛離鄉背井，離開自己生長的地方，走向都市，只希望能覓得一職，來穩定生活。

就這樣，整個大夥房裏，只剩下一輩子以田為家、把生命奉獻給土地的長輩們。他們始終相信，土地是農人最忠實的朋友，種瓜就長瓜，種豆就有豆子可收成，認命知足地過著每個晨昏，日復一日，年復一年。

他們一年四季隨著季節的變換，懷著無窮的希望，從播種開始。撒下希望的種子之後，就不停地穿梭田間。要灌溉，要灑農藥，要鋤草，要施肥，要包裝，要修剪，種不同的作物，就有不同的工作。只要不是大風雨就得下田，把晴耕發揮到淋漓盡致。這情形在二百多年前，祖先從唐山到台灣至今，一直傳承著這樣的勤耕樸實的生活。

即使到今天，機器已代替了人工，但田裏還是有很多工作，需要靠雙手去完成。常看到一大早，八十多歲的二哥就下田，到屋後的芭樂園工作了。

他在屋後留了一分地種芭樂，其他的都休耕，因為後生晚輩在外地工作，無法幫忙。他一個人能力有限，只好留下離家最近的地，來種些蔬菜和芭樂，不僅能自給自足，還可以讓土地發揮最大的功能，更讓自己不至於覺得，人老了就沒用了，至少還能種些東西，既可當運動，讓身體健康，又多少有些收入。他認為這是種田人的本分，也是老農們最卑微的心聲。

芭樂樹的枝節很多，每枝的小芭樂長了一大串，為了讓芭樂的營養能集中，而且長得更好，就必須修剪掉較小粒和長相不好的，留下來的就要刻意保護並套上紙袋，讓芭樂可以遠離蟲害、長相好，才能賣個好價錢。

芭樂需要如此照顧，其他作物如絲瓜、苦瓜、胡瓜也一樣，是省不了工的，同樣要用心呵護。二嫂行動不便，二哥把二嫂安排好之後，就下田工作，沒什麼假期，更沒有所謂的娛樂，這樣的生活方式，數十年如一日。

他之所以選擇種芭樂，是因為種芭樂的工作較零星，不需要同時耗費太多人力，一個人可以慢慢做，這對他來說是最合適的選擇。而且芭樂一年可採收好幾次，也就是讓家裏斷斷續續都有收入。收入雖然不多，但維持兩老的簡單生活絕對沒有問題。

由於整個夥房只住了三個老人，大嫂、二嫂不良於行，難得出門，只剩二哥進出，因此都靜悄悄的，一點朝氣都沒有，感覺好落寞。

因夥房裏都沒有年輕人可耕種，每家只好年年休耕，任田地荒廢，再向政府申請微薄的補助。我常想，像這樣任土地荒廢不耕種的情形，在我們的上一代是不可能發生的。想盡辦法填土造地都來不及了，哪有可能讓自家土地閒著，人卻在外地討生活。

還記得小時候，父母除了種自家的田之外，還要利用颱風季節過後，和家族們一起到離家很遠的大河壩，去開墾河床。因颱風季已過，漲大水淹沒河床的機率低，也就是這個時候，河床是種植的安全期。所以勤快的家族們，希望向河借地，來個填土造地，讓家裏能多出那麼一點點土地來種作，有種作就會多一分收入。

開墾河床很艱苦，首先要選地點。好地點交通方便最重要，這樣牛車要載肥料或農產品才省時間。土質也要選最好的，通常新的沖刷地，土質一定要比舊地肥沃，所以選對地，才能種出好的產品。另外，地上的雜物不能太多，會影響搬運的困難。因為河床被大雨沖刷後，堆積了很多的大型漂流木、大石頭，這些都需要很多的人力來搬運，至於低窪區，又需要填土、推平。諸如此類在在都需要投入很多的人力，才能爭得一席之地。

每天一大早，家家户户就帶著各種工具和飯盒，到河邊開墾。男丁們都做粗重的工作，搬石頭，扛大樹木，清除橫七豎八的不同雜物。女眷們則是挑土填平低窪處。地面物一切清理乾淨，土也填平後，要用牛犁把它犁成一行一行，這樣才方便種植。另外，要依序再挖幾條水溝，以方便灌溉和排水。

當一畝畝的種地成形後，開始播種、插苗。一般都種短期植物，如花生、番藷、玉米、小番茄等等。因為這些短期蔬果耐旱又好照顧，而且不需要大成本，很適合種在河床上。

雖然短期植物經濟效益不是很高，收入扣去成本所剩不多，但對於我們農家來說聊勝於無，還是很重要的另一項經濟的來源。畢竟河床地是上天免費借給勤勞的族人種植的，大家都很樂於享受那份「有耕耘就有收穫」的信念。

當秋天過後，這些作物就陸續有收成了。當大家收成完，必須趁著農曆年前，再把土翻個面整理一下，又再種一次。在春天來臨時，到處綠油油一片，作物在貴如油的春雨滋潤下，不斷地開花結果。於春末夏初時，就有第二次的收成了。

當炎炎夏日一到，颱風季節跟著到來，河床就不能種作了，因為颱風隨時有可能來襲並帶來豪雨，種了也不容易成功，只好做罷。因為無法種作，我們又要把河床地還給大河壩，等待雨季結束，再繼續下一季。

這樣的周而復始，是我們族人長久以來和大河壩一種無言的約定。數十年來，我們族人就這樣過日子，祖父傳給兒子，兒子又傳給孫子，代代相傳，無怨無悔。

然而這樣的傳承，從農事機械化之後，就日漸地式微了。農村多出來的人力，不斷地往外移。年輕人外出讀書後，都留在外地工作。畢竟外地工作收入較穩定，生活機能也好過農村，因此很多年輕人到了外地後結婚生子，而且購屋安定下來，把異鄉變成安身立命的家。至於那生長的地方，純樸的農村，變成偶爾才回去的家。就這樣，一家家的年輕人，不斷地離去，夥房裏的空屋，一間間的多出來。整個夥房夜裏竟然只剩祠堂裏一盞燈，三合院不再有孩子們的嬉鬧和追逐聲。過去收割時節，禾埕裏忙碌慶豐收的情景也已不再，夜裏靜得可以聽到壁虎唱歌，貓和老鼠吵架。

白天幾位年邁獨居的長輩，無助地坐在禾埕上，曬曬太陽，聊著古老古老的故事，數著還要多少日子才過年，才能看到子孫們回來過年、共度佳節。

記得有一年過年，外出的後生晚輩都攜家帶眷地回來時，看到整個夥房的空房都被老鼠、蜘蛛佔滿了，夜裏一片黑暗，夥房就像空城，大家才警覺到，原本充滿快樂溫暖、人丁興旺的夥房氣勢，已因大環境的改變，在不知不覺中日漸消失了。

為了要重振夥房往日風華，不讓夥房只剩下老邁的身影，需要注入年輕活力的暖流。

為了要讓祖先辛苦留下來的田地，不再雜草叢生，要變成充滿生命力的田園，好享受禾香藏指間的樂趣和滿足，夥房裏幾房的年輕人，因此不斷地開會溝通，只希望能改變現況，讓夥房重燃希望，土地有所律動。

就這樣，大房在北部工作的阿忠，透過對調的方式，轉調來「旗山」上班，這樣他可全家搬回「美濃」住。由於上班離家近了，既可照顧家裏，又不影響工作，真是兩全其美。

阿忠每天下班後，換上工作服，戴上斗笠、套上袖套，就下田去了，把上班之外的時間，都放在農事上，展現著與生俱來的勤勞與韌性。夫妻兩人一條心，胼手胝足，日夜忙碌，把原本休耕的地，一畦一畦地整理好。把雜草除去後，又把田埂、水溝重新填補，只希望把休耕多年的田地，恢復原來的面貌，帶來好的開始。

當所有的田都整理好後，開始陸續地種上木瓜和芋頭。所以先選擇這兩種作物，是聽說它們的價格不錯，而且不需要特別的照顧，另外也是希望試個水溫。畢竟不曾種植過，在沒有十足的把握之前，還是保守些，不敢一下子種太多種類，以免帶來壓力。

剛開始種作很辛苦，要請工人除草、翻土，還要買種苗，樣樣需要錢。幸好農會有低率的創業貸款可協助。當種苗種下後，因沒有經驗，不懂植物的屬性，往往因季節的不對，而造成血本無歸。因為每種植物都有它所屬的季節，種對了就豐收，沒種對收成就不理想。

經過幾年的用心研究，他學會利用施肥或減枝，來控制產期，讓產品避開盛產期，不造成滯銷或賤價。當一般果農的盛產過了，他的產品正好是盛產期，這樣就有好價格了。

當一切慢慢上了軌道，有了心得後，他不僅讓自家的土地成了會生蛋的金雞母，而且讓屋前屋後一片欣欣向榮，呈現著農村之美。每當收成時，整個夥房就熱烘烘的。雖然每個人都忙得汗流浹背，外表看似辛苦，內心卻是歡樂的，臉上的笑容更是燦爛，到處一片農家樂的好景象。

阿忠把自家的幾分地成功地種植，有了穩定的收入後，又把夥房裏叔伯們的地，一家家租過來擴大種植。因種植的面積大了，收成時產品也多了。為了推銷產品，他透過網路接受訂單，也歡迎消費者到現場參觀採購。

由於行銷得宜，所以農產品供不應求。每到採收時，大批的工人先上園子裏採木瓜和挖芋頭，然後集中在禾埕上，統一方便整理。當工人忙進忙出，夥房裏變得很有人氣，那種好久不見的豐收盛況，又再度地重現。

阿忠的成功表現，不僅為自己帶來財富，也無形中提供了一些工作機會，給左鄰右舍的婆婆媽媽們，讓大家多一份收入來貼補家用，真是直接振興了夥房的經濟。

阿忠的回鄉種作，成功地打響了第一炮，讓夥房裏出外的遊子眼睛發亮，還帶來旺盛的信心。

接著大伯家的老大阿良，也在退休後帶著另一半回鄉，加入日出而作、日入而息的耕田種地生活，來迎接事業的第二春。

阿良對有機蔬果很有研究，他先把家裏田地上的地面物清除乾淨，沒用除草劑，一切都用人工清理。他認為除草劑會傷害生態。為了保護生態，他願意多花一些支出。雖然工錢要貴過除草劑很多倍，不過他認為很值得。

把清除的草曬乾後，切碎當堆肥，然後把所有的土用耕耘機翻過來曬太陽。約半年後把土打碎推平，開始分成寬窄不同的方塊。種南瓜的地要寬，這樣瓜藤才有攀附的空間。空間夠大，空氣流暢，南瓜自然長得好。

種小番茄或茄子的，地約三尺寬，至於長度就看每塊地的地形來決定。另外，種秋葵或辣椒、韭菜的，也都用大同小異的方式處理。

當需要種植的規劃做好後，開始鋪上塑膠布。塑膠布可防雜草叢生，也可防止因大雨把泥土沖散，影響植物的生長。更重要的是，它可以重複使用，這符合環保及使用上的經濟價值。

鋪好塑膠布後，就依要種植的作物的距離，來作明確的記號，因為每種植物的距離不同。工人先在記號處剪個碗口般大的洞，接著種下種苗。當種苗長出新芽時，就在根部旁邊放些自製的有機肥料，肥料施過後，苗會成長變粗，慢慢地往上竄。為了讓不停伸展的藤或枝有個依附，好開花結果，又得在行與行之間，搭上鐵架或竹籬。

由於種的是有機的，不灑農藥，不用化學肥料，為了防止病蟲害，就必須在整塊地的不同角落，種下很粗很高的鐵墩，再鋪上一張好大的網。所有的蔬果在大網的保護下，同樣有陽光照射，同樣可雨露均霑，卻絲毫不受病蟲的侵襲，因此可以很安全地成長，可讓食用者很安心。

阿良一直堅持要種無毒的蔬果，所以他的網室菜園不用農藥，少了污染，而保護了生態。不僅蔬果的顏色特別翠綠，看起來特別健康，能引人垂涎，且小水溝裏還有田螺、泥鰍、大肚魚在優游，也可看到青蛙在跳動，夜裏還有啯啯聲。

近年來，由於農村大量使用農藥，讓生態幾乎滅絕。如今能看到屋後菜園裏，出現了這樣充滿自然生態的景象，感覺很驚喜，因為這實在得來不易。

想想，要不是這些後生晚輩，利用各種方式來種植，還利用不同管道來經銷，除了用心經營，還謙恭耕耘，否則整個夥房不可能有今天這麼發展的光景。

他們的回鄉，才讓夥房有不一樣的風貌。最讓大家開心的是，他們的孩子以前住在都市時，是滿口國語，客家話半句都說不出來。回來後大家一起說客家話，如今每個孩子都以客家話為主，讓原本擔心客語會失傳的長輩們，舒展了眉頭，露出了慈顏。

記得從小就常聽長輩們叮嚀，「寧賣祖宗田，不忘祖宗言」，以前不懂它的重要，現在終於可以體會它的真正意義了。

由於社會不斷地在變遷，家庭結構和價值觀也不斷地在改變，農村生活必定受到嚴重的衝擊。幸好夥房裏的年輕人，對家有堅定的向心力，願意回鄉傳承，讓田地再現生機，真的是很難得。

感謝他們用了最現代的經營方式，讓生活重燃希望，讓老人有所依靠，讓那種已經消失很久的三代同堂的幸福又重現了。想想看，人生的道理，不就從這個夥房、這片田地開始嗎？

106.7.8

夕陽無限好

有人說，人一老，什麼都完了，而我卻認為，人因為老了，從職場退休了，正好少了工作壓力，子女也長大成人了，沒了經濟壓力，正好可以無憂無慮地安享晚年，這不正是夕陽無限好嗎？

每天忙完了一天的工作後，我會利用傍晚較清涼的時刻，到屋後的公園，做些簡單的運動，希望在涼風送爽中放鬆自己，讓忙碌的一天在輕鬆自在的氛圍下，快樂地畫下句點。

每天到公園，都會看到一對八十多歲、滿頭白髮、拄著拐杖的老夫妻，他們邊散步邊聊天。阿公斜背著印有「建國中學」的綠色包包，阿嬤背著同一款式、印著「北一女」的同色系包包，裏面裝著一瓶礦泉水、一把小扇子和小東西，看起來輕巧可愛。第一次看到他們，我忍不住笑了，心想他們真是性情中人，懂得從生活中找樂趣。

聽說他們的兒子在上海開成衣廠，事業很成功，想接兩老去享清福，偏偏兩老愛住台北，自己生長的地方。兒子深知父母喜歡無所求的簡單生活，就不再勉強，但特別為父母設計了一些能吸汗、穿了很舒適、顏色很亮的衣服。衣服上面依照兩老的習性，透過文字來表達一些訊息，例如，阿公穿的印著「自由」，阿嬤的就印著「自在」；阿公的印著「捨得」，阿嬤的就印著「放下」；阿公今天穿的是「健康」，阿嬤穿的一定是「快樂」。所以那天你看到「知足」時，「常樂」一定在身邊。

他們就是這樣，天天穿著別出心裁、充滿智慧的衣服，把歡樂帶給大家，讓每個人都來分享老夫妻的幸福美滿，以及快樂的情懷。所以我覺得人老了，沒什麼不好，而是要看你如何去面對。像這對老夫妻，不就過著優閒有趣的晚年生活嗎？他們可以，你也可以的，就盡情地安享晚年吧！

103.2.28《醒世雜誌》

化腐朽爲神奇

女兒的一位同事是名牌迷，很喜歡名牌的服飾，但她有迎新棄舊的習慣，有些衣服買了沒穿，就只好送人。

那天女兒又抱回一堆還掛著吊牌的牛仔褲、長裙、洋裝。她要我看看能否修改一下，要是不適合就轉送別人，因為這些貴衣服拿去回收很可惜。

我看了一下，發覺都有利用的空間，於是趁著假日，把這些衣服重新整理一下，再給予新的生命。我把牛仔褲從屁股底下剪斷後縫合，在腰上加了兩條帶子，一個名牌的牛仔布包包就出現了，而且前後都有口袋，既時尚又實用。

我把剪下的兩個褲管，從膝蓋處剪斷並拆開，把兩片縫在一起，車上拉鍊和帶子，又是一個提袋，可放電腦、課本或雜物，既環保又輕便，而且保證好洗又耐用。至於小腿部分，把一邊縫好，另一邊加上帶子，就是一個水壺袋，出門攜帶很方便。

把長裙過膝的部分剪下，並把它做成背心，這樣就變成了一套背心裙，既好看又可搭配別的襯衫或長褲，方便又特別，可達到一衣數穿的效果。

現在的洋裝，為了時尚感，會加很多配飾，像不同的大小、不同顏色的亮片，但這些配飾並不一定適合每個人。我會把這些小配飾拿掉，並在低胸處加些蕾絲，或把剪下的布做個蝴蝶結或捲成小花朵，就縫在V領的尖處，這樣整件衣服不僅少了一些累贅，還多了輕便和優雅，看起更加端莊，方便不同場所穿著。

把別人給的，又不是很適合自己穿的衣服，經過適度的修改，是給了衣服新的款式，會有小小的成就感，因為這樣的衣服是世界上唯一的一件。

把這樣別出心裁、獨一無二的衣服穿在身上時，那種舊衣新穿的好心情，當然會油然而生。

喜歡得空的時候，花點心思自己做窗簾、抱枕，或把一些不穿的衣服，翻個面做成坐墊、靠墊，或一些小東西，既可廢物利用，又可化腐朽為神奇，超開心的。

104.8.18《聯合報》

火車要開了

菜市場裏來了一攤賣甘蔗的。他的甘蔗是黃中帶點綠色的，不是一般常見的紅皮甘蔗。這個顏色的甘蔗，過去清一色是台糖公司的產品，因為它甜度高，是製糖的最佳原料。

在台糖的全盛時期──四、五零年代時，全台灣有很多縣市都大量種植甘蔗，並設有糖廠，一切一貫作業，從種植到收割，到製成糖，然後外銷。當時台糖被稱為最會賺錢的國營事業。

由於台糖地方大，種植的面積一望無邊，在機械尚未代替人工之前，它提供了很多的工作機會，很多人都投入台糖的工作行列。從陽光下蔗田裏的工作，到甘蔗送進了糖廠的工作，在在都需要工人。當時不管男女，只要體力好，都到台糖工作。

小時候住美濃，美濃附近有個旗尾糖場。趁地利之便，當時美濃有很多地方也種甘蔗。甘蔗收成後就交給糖廠，因為它是國營的，有保障。

每年春天是甘蔗種植期，隨著時間過去，甘蔗開始成長。當甘蔗慢慢長高時，就要把長在甘蔗身上的葉子拔掉，以免蟲蛀。這些葉子曬乾後，是我們鄉下廚房的柴火。因此家家戶戶的婆婆媽媽們，只要得空，就往蔗園採甘蔗葉。

由於南部水質好，所以甘蔗又甜又脆。媽媽們採甘蔗葉時，都會帶幾根甘蔗回來，給孩子們吃。在物資缺乏的年代，有甘蔗吃是很美好的享受。

入秋後甘蔗開始收成，工人會把整行的甘蔗挖倒在地。女工們就把地上的甘蔗去掉頭尾，然後綁成一把一把。接下來駛牛車的工人，會把這些甘蔗載到鐵路旁，再把這些甘蔗堆在停在鐵路上、沒有屋頂只有前後兩個欄杆的火車台上。火車台約有十節，還沒堆上甘蔗時，是小朋友玩耍的好地方。上面很寬敞，可以跳繩，可以下棋，可以爬上跳下，練就好體力。

火車頭還沒來時，我們就把它推來推去，坐在上面感覺和搭火車一樣很平穩。

當十台火車都堆滿甘蔗後，火車頭就來了。此時堆甘蔗的阿水伯會喊著：「火車要開了！火車要開了！」

火車要開了，除了提醒玩耍的小朋友離火車遠一點，以策安全之外，也提醒開火車的阿土伯，後面一切安全了，可以啓動了。

每次阿土伯聽到火車要開了時，他會先鳴汽笛，再慢慢地發動馬達，讓火車的煙囪冒煙。就在火車未啓動前，阿水伯會從火車上丟幾把甘蔗下來，讓火車旁的孩子們每人分幾根帶回家吃。阿土伯一定看到阿水伯處理好這些之後，才會啓動火車，把車開進糖廠。

火車來載甘蔗都是傍晚時分，剛好是孩子們放學的時刻，大家不約而同，先在火車上玩。當一台的甘蔗堆滿時，我們就換另一台玩。當所有的火車都堆滿甘蔗後，大家就停下來並站在車旁，期待那句「火車要開了！」因為這句話講過後，大家就有甘蔗可吃了。

或許是阿土伯兄弟都出身農家，都知道鄉下的孩子平時就沒有什麼零嘴可吃，所以常常趁工作之便，有意無意地放些甘蔗，讓孩子們解解饞，讓孩子們歡喜一下。

自從農事機械化以後，糖廠的小火車已功成身退，進入博物館了。糖廠的煙囪已不再冒煙，而「火車要開了！」這句充滿希望、帶來快樂的話，也在不知不覺中消失了。

每次經過糖廠，或在市場看到黃中帶綠皮的甘蔗，我就會想起小火車載甘蔗的趣事。是那些趣事，讓我們的童年抹上繽紛的色彩。

105.7《警友之聲》

享受創作的樂趣

我身邊的朋友，不管男女，絕大多數的人，都不喜歡下廚，對做菜興趣缺缺。因為他們覺得下廚很累，除了要採買食材，有時還要顧慮到預算，或是擔心做出來菜式，是否會合家人的口味。另外，冬天的水冷冽，一想到要在冷水裏洗洗刷刷的，心就涼了半截。夏天又悶又熱，要待在廚房忙碌是很辛苦的，要煎要炸，好不容易煮好飯菜，人已累翻了。所以很多人對下廚能逃就逃，反正外食很方便。

但下廚對我來說，是很嚮往的。我一直覺得廚房是個魔術室，可讓下廚的人透過食材，變出各式各樣的美食。只要把買來的不同食物，不管是魚肉或蔬果，用心搭配，認真料理，一道道色香味俱全的美食就完成了。有時甚至還可以化腐朽為神奇，把剩菜剩飯重新處理。

每天帶著一份既是責任又是興趣的心情上市場，在市場穿梭，選選水果、買買海鮮，為家人的營養健康把關。在跟攤販們的互動中，還可學到很多烹煮的方法。因為每家的作法不一樣，同樣的食材，會因烹煮的方式不同，產生不同的風味，讓家人食指大動、讚不絕口。所以我喜歡在市場集思廣益，來截長補短，讓自己廚藝精進。

這些年，我愛上素食，因為素食材料來自天然，不僅可以做環保、愛護地球，還可讓全家人在餐桌上少了油腥，變得更健康。

我覺得自己下廚很好，沒有食安的問題，而且想吃什麼，隨手可做，很方便。最最重要的是，在做的過程中，可讓家人參與，增加親子互動。採買食材時，我會帶著孩子上市場，讓他們認識蔬果，把買回來的菜，教他們挑揀、清洗，從小地方開始參與。

每次看到不一樣的食材經過巧慧心思，變成美食，讓家人驚呼時，我樂在不言中，享受著創作的樂趣。

106.8.20

買年菜可以很簡單

利用讀書會結束後的時間，婆婆媽媽們聚在一起，討論著在過年時，要如何採買年菜才不浪費，又可讓家人吃得開心。

徐大姊說，每年都在過年前一個月，開始採買南北乾貨，和一些會漲價的明蝦、鯧魚、烏魚子。結果發現這些魚貨冰到過年再拿出來烹調，其實味道是有差的。最糟糕的是，一些年糕、發糕，因吃不完而發霉，最後只好丟了，有一些蔬果也一樣。想想自己很不應該，過個年就暴殄天物，所以從今年開始，她不提早買也不多買，等快過年時再買，貴了就少買，不必和別人湊熱鬧。

陳大姊則說，她很貪心，就怕年貨被買完，所以一到臘月就不斷地買，把家裏的兩個大冰箱塞得滿滿的，只要打開冰箱，東西就嘩啦嘩啦地掉下來。她老公和女兒常問她：「是要戰爭了嗎？否則怎麼要買這麼多東西，過年也只不過一天，有需要這樣無節制地買嗎？」她常被問得啞口無言。因買得多就拼命地煮，累到腰痠背痛，滷的、炸的，應有盡有。結果第一餐還好，因為是新鮮的，有人捧場，第二餐開始接受度就變低了，留下一堆剩菜。為了不浪費這些花很多錢買，又花很多時間烹煮的菜，自己只好默默地一吃再吃，當這些菜吃完時，腰圍都變大了。

至於林大姊說，過年因要祭祖，她就選用乾糧和水果。乾糧可以久放，一時用不上不必擔心會壞；水果容易壞，就少買一些，夠吃就好，萬一不夠吃，有二十四小時營業的超市，不怕沒東西買。買魚、肉也一樣，吃多少買多少，畢竟多買了吃不完，又要塞冰箱，很麻煩。若臨時有必要，就到超市買，很方便的。

她因沒有多買，不僅可省下錢和採買的時間，還不用擔心食物過多帶來的困擾。其實過年只有一天，是可以很簡單的，況且現代人三餐吃魚吃肉，就像過年一樣，實在不用為了吃而傷神，吃得清淡一些，反而讓年過得更輕鬆。

104.2.17《聯合報》

當鑼聲響起

那幾天公園裏的土地公廟為了酬神，下午和晚上都在演野台戲。每天傍晚到公園運動時，我都會在戲台前停下腳步，欣賞一下台上演出。

每一回站在那兒，發現台上的演員賣力地演出，台下的觀眾卻不多，只有幾位老阿伯坐在那兒，邊聊劇情邊打瞌睡。看到這情景，我忽然非常懷念小時候坐在大禾埕上，看野台戲的專注和開心。

那時鄉下沒有戲院，唯一的娛樂就靠偶爾有個「戲班」來演戲，滿足我們的好奇心，也提供了一些老少咸宜的娛樂。

當時所謂的「戲班」，演員只有兩個，就是一對夫妻，分當男女主角。要暖場時，一個敲鑼打鼓，一個負責出場，不管文戲或武戲，皆默契十足。受限於演員人數，他們往往一個人演好幾個角色。轉個身加件背心、戴上帽子或披上袍子，就可讓閨女變夫人，或讓一位文弱書生，變成豪氣干雲的大將軍，不管任何角色，演來都入木三分，讓人印象深刻、百看不厭。

這戲班的交通工具是一輛前後都有大貨架的腳踏車，載人並載著他們所有的家當，包括戲服、道具，以及一些要賣的東西。

鄉下地方住的都是三合院。為了招徠更多的觀眾，他們只要選好了地點，男主人就會騎著腳踏車，帶著一個銅鑼，到不同姓氏的三合院去宣傳。

他來到我們劉家「彭城堂」前的禾埕上，先敲三聲鑼，然後大聲地報告，今天晚上將在某家的禾埕上演戲，歡迎大家一起來看戲。

他每次都會報告三次，確保家家户户都聽清楚了，也希望請大家告訴大家。劉家的報告完了，又到隔壁村曾家的「三省堂」和鍾家的「穎川堂」宣傳，目的是讓所有村子裏的人，都知道今晚有好戲可看囉！

每次當鑼聲響起，小堂妹會非常高興，然後熱心地奔相走告，深怕有人錯過。除此之外，她也會叮嚀大家今晚吃飯、洗澡動作快點，否則去晚了得站後面，就看不到戲了。聽她這麼說，我們一票堂兄弟姊妹，也變得緊張兮兮，凡事都心不在焉，洗澡隨便沖兩下，吃飯只扒幾口，大夥便匆匆忙忙地出發了。

由於我們劉家是大姓，人口眾多，一出門就三、四十個蘿蔔頭，浩浩蕩蕩的。抵達時更如同訓練有素的觀賞部隊，很快就鎖定最合適的位置坐下，再把腳上的木屐拿來墊屁股，兩隻手托著下巴，等待好戲上演。

不到晚上七點，禾埕上已擠滿了人，小朋友坐地上，大人們站後面，大家聚精會神地引頸企盼。他們的戲碼通常離不開忠孝節義，像薛平貴王寶釧、三娘教子、狸貓換太子等等耳熟能詳的故事。只要不是對角戲，一個人上場，另一個人就坐在長板凳上，咚咚鏘鏘地敲著。

演了一段後，他們會先停一下，開始「進廣告」，推銷他們的跌打損傷膏藥。由於種田人家做的是粗重的工作，難免有個皮肉傷之類，這些東西銷售自然很好。

他們把東西拿在手上，然後在場裏跑來跑去，嚷著：「阿公要兩包，還有誰要？」賣到一個量時，又開始繼續演戲。一個晚上就這樣來來回回，約十點就結束了。結束前他們會來個鑼鼓喧天，為一晚的好戲畫下句點，也會告訴大家，明天請早光臨。

一場戲要演多久，是說不準的，就看他們營利的狀況。有時十天半個月，有時三五天就草草結束了。小時候聽長輩們說：「這些跑江湖賣藥的很辛苦，收入不穩定，而且一出門就必須攜家帶眷的，所以只要他們來，鄉親們都免費提供住處，讓他們安心演出。」

這樣把禾埕當舞台，把歡樂送到家門口的盛況，過去經常出現，讓每個孩子的童年，多了很多精彩有趣的記憶。

然而，電視機發明後逐漸取代了野台戲，那種鑼聲響起整個村子就動起來的熱鬧氣氛，成了回不去的記憶。看到如今的戲台下，少了小朋友的笑鬧聲，只剩年邁的老人，我總有一股淡淡的哀傷。

106.1.29《聯合報》

晚景

一大早，就在伯公壇的榕樹下，看到阿德嬸家的瑪麗亞，把她用輪椅推過來，向伯公上香，並在樹下和幾位來自菲律賓的同鄉聊天。

阿德嬸家的瑪麗亞，聽說已是台灣媳婦，所以在台灣工作沒有時間限制。記得她在阿德嬸家幫忙，已有六、七年了。

一開始是阿德叔中風時，她就來照顧阿德叔，因為阿德叔的子女都在都市上班，沒有人留在美濃，可以在身邊照顧，只好請來瑪麗亞協助。

瑪莉亞來到美濃，她一句客家話都聽不懂，偏偏阿德叔夫婦又不會講國語或台語，於是大家相處起來，有了語言障礙。一開始是用比的或用猜的，相當辛苦，為了要做好溝通，年輕聰明的瑪麗亞，用自己懂的方式，努力地學習客家話。

如今的她，經過幾年的努力，已能說一口流利的客語。三年前阿德叔往生後，她沒有離開，繼續照顧身子日漸老化的阿德嬸。

已經八十五歲的阿德嬸，這兩年好像老得特別快。或許是她身子胖，原本還可以走路的，如今是必須坐輪椅。原本頭腦很清晰，從去年開始有輕微的失智現象，而且越來越嚴重。有時她會記不得自己的名字，有時則很清醒，想到阿德叔已過世，就會放聲大哭。有時剛喝過牛奶，又吵著要喝。若告訴她才剛喝過，她會回答：「真的嗎？」接著又繼續說要喝牛奶。有時把瑪麗亞當成她已過世的女兒——阿美妹。

每次她牽著瑪麗亞，說著阿美妹小時候的故事，瑪莉亞接不上時，她會盯著瑪莉亞問：「妳好像不是我生的，很奇怪呢！」有時候她會問瑪莉亞：「家裏的人都去哪兒啦？怎麼沒看到半個？」

每次她問到這些家事，瑪莉亞都用哄的或用騙的把它帶過，只希望她可以不要因為子女不在身邊而難過。相反地，瑪莉亞會告訴她，自己會陪伴她、照顧她，讓她不感覺孤獨。

瑪莉亞不僅把阿德嬸照顧得無微不至，還會幫忙下田種作。什麼時候香蕉該施肥或灑農藥了，她都會去做。該插秧、該收割了，她也會處理。她已從一個看護，變成大管家。她的表現比客家女兒或媳婦更客家，所以阿德嬸的子女對她是既感謝又信任，因為她幫了這個家很多的忙。

在台灣因人口急速老化，家裏的年輕成員又還要工作，所以家有老人的，絕大多數都會請外傭來照顧，也有是自己親人在照顧的，只是比率很少。這情形不管在鄉村或都市都一樣，不管走到哪兒，都會看到外傭照顧老人的情景。

過去因為醫學不像現在這麼先進，大家對養生的觀念也沒有很重視，所以以前的人不如現在的人長壽，於是以前沒看到有人失智，現在失智老人的比率卻是一直在攀升。

因老化所帶來的種種問題，也使得很多家庭產生困擾，有能力負擔的，就請人來照顧，相反的就成了獨居老人，讓晚景很淒涼。

前陣子去日本玩，在一個公園裏，看到一群穿著制服、很陽光的年輕人，正在陪很多老人玩遊戲或講故事，每個老人都笑得很開心。

聽說這是私人安養院，每個星期都會帶老人走出户外，到公園走走或參觀展覽。推輪椅照顧老人的，都是經過特殊訓練的年輕人。他們有好體力，反應快，動作敏捷，用愛心和耐心來陪伴老人。

也就是說，住安養院所得到的照顧，要比在家請人更有保障，所以在日本，住安養院是很能被接受的。多麼希望台灣的安養院也能重視老人的需求和關懷，讓老人的晚年多一分保障。

我常想，不管用哪個方式來照顧年邁的長輩，相信只要長輩們能平安地度過晚年，是天下為人子女者最大的心願。願全天下的老人，晚景都是安逸舒適的。

106.1.9《月光山雜誌》

一份禮物兩樣情

「美濃國中」七十周年校慶後，我收到學校送來的一份很特別的禮物——兩個藍色底印著白色字體「美濃國中」和「我的美中時代」的包包。

印「美濃國中」的是一般書包的縮小版，長帶子可以斜揹。上面除了印白色的字之外，還在字下方加了一條紅色的客家花邊裝飾，感覺很亮麗。印著「我的美中時代」的是後揹包型，是一般中型提袋的尺寸。它同樣在印字的下方，多加一條紅花邊，看起來素中帶紅，是很美的點綴。

看到兩個大小不同、造型的各異的包包，我感覺得出主辦單位的用心。因為學校走過七十年了，從初中到國中，孕育了無數的學子，所以它必須面面俱到，不能顧此失彼，有代表初中的，當然國中的也不能少，這樣大家就皆大歡喜。

拿著屬於「我的美中時代」的藍色包包，我想著該如何讓這看起來較陽光的色彩，變得柔美些，這樣才更適合我這個美濃妹來用。

為了讓它更客家、更美濃，我順手用客家紅花布做成兩條帶子車上去。這個顏色剛好很搭，和原來的配色相互映，不喧賓奪主，卻能相得益彰，是完美的組合。車了帶子變得可以側揹，變得多功能，爬山購物兩相宜。另外我在沒印字的背面，貼上一朵鮮艷的花當口袋。

就這樣，原本深藍印白字的包包，多了紅色的襯托，變得耀眼繽紛、美感十足，是世上獨一的。

由於主辦單位設計的大小適中，所以我每天揹著它，不管上圖書館或上超市，都覺得很方便，也很開心。每次揹著它，彷彿回到從前那段揹著書包上學去的年代。

儘管現在讀書是為了增廣見聞，是閱讀上的精神休閒，沒有任何壓力，不像以前揹書包，要承擔很多身為一個學子的責任。但我還是感懷年少時甘苦備嚐的、屬於讀書的青春歲月。即使是今天，已回不去從前了，但我還是非常懷念「我的美中生活」。

很感謝母校送了我這份有創意、別出心裁的珍貴禮物，我會善用它、珍惜它，直到永遠。

105.12.19《月光山雜誌》

不說話的老師

我覺得植物對自小生長在田園中的我來說，就像家人一樣的親近。從六歲開始，父母下田時都帶著我，讓我坐在小板凳上，把長在番茄藤或玉米梗底下的雜草拔乾淨。母親告訴我，植物是有靈性、會報恩的。少了雜草的蔬果，因營養集中，果實長得好，可賣好價錢，又可供家人食用。

見證這個道理後，我認真拔草，母親用心照顧，結果每季都豐收。種蔬果如此，播種、插秧也是相同道理，因努力耕耘，所以才有豐富收穫。家裏一年四季種著不同的植物，父母就靠著這些植物養大我們，還靠著變賣植物，讓我們念書。在安定的生活中，植物成了我們家所有的依靠。

我覺得植物對我，像一個不說話的老師，我從它們的身上，享受到灑種與收割的喜悅，體會有耕耘才有收穫的道理。

106.3.25《國語日報》

修理咖啡館

幾年前到歐洲去玩時，在德國和荷蘭發現了「修理咖啡館」。聽說他們每周固定一天，讓客人把家裏有故障的東西，交給咖啡館裏擁有一雙巧手的人來維修，讓東西修好後還可再利用，結果此舉非常受客人的嘉許。

回台後，我把這樁見聞告訴社區的志工們，大家都認為這方法不錯，不但可讓留著沒用、棄之可惜的物品，經過修復後獲得重生，還可以透過這樣的互動方式，聯絡鄉里的感情，真是一舉兩得，太好了。

有了構想就該化為行動，我請里長伯把消息傳出去，希望懂電器、會木工的朋友，能站出來給予協助。

就這樣，每個周末，社區的住户們會把家裏需要修復的東西拿出來，如雨傘、電扇、吸塵器、斷腳椅……通通送來里辦公室大廳，交給有專業能力的志工朋友修理，讓東西可再度使用。

自從有了這個安排後，社區裏不再看到廢棄物，住户們也因為多了這樣的互動，彼此的感情更融洽、更和諧了。

人間有味是清歡

趁著春暖花開、鳥語花香的連續假日，回美濃陪陪高堂老母，陪她四處走走，看看花草，吃吃田野間最鮮味的美食。

媽媽九十五歲了，一向勤於勞動的她，還是會在屋前屋後，用小花盆或棄置的水缸，種些小蔬果。紅橘各異的小番茄，綴滿了綠綠的番茄藤，在陽光下閃閃發光。巴掌大、圓形、長著細白絨毛的綠葉下，藏著滿身小白刺的小黃瓜，綠如翡翠。

攀籬爬牆去隔壁叔婆家串門子的絲瓜，金黃的花兒，引來蜂蝶穿梭，來來去去忽高忽低，帶來一片熱鬧景象。窗框邊擺著一杯杯的韭菜和三星蔥。這是媽媽散步時在路邊撿來的盛麵、盛湯的塑膠杯子。

她認為杯子完好如新，丟了可惜，於是在每個杯子裏，裝入七分滿的泥土，再把做菜時切掉的，帶著白根的蔥頭種下，十天半個月後，綠綠的蔥管就一根根爭先恐後地冒出。除了蔥，媽媽也用同樣的方式，種了一些韭菜。讓每個窗台，看起來朝氣蓬勃、綠意盎然。

屋簷下幾個小花盆，分別種了不同顏色的甜椒，紅的、綠的、黃的，各展風姿，爭奇鬥艷。旁邊那盆獨棵的麻糬茄，不讓椒兒風采專美於前，努力地生產，掛著七八條長長短短的茄子，在微風中搖曳著紫亮的繽紛，展現著數大之美。

每天清晨和黃昏，在祠堂上完香後，我和媽媽就在附近的田園散步，順便拜拜每個田角的土地公、土地婆。看到春節前後播下的秧苗，在貴如油的春雨滋潤下，已綠油油一片，真是滿心歡喜。南瓜園、香蕉園也欣欣向榮的，展開成長之旅，希望能為莊稼人帶來豐收的喜悅。

走過田埂，穿過小徑，看到路邊的野花也逢春開放，那種美不勝收的歡心，讓我們輕鬆地放慢腳步。

回到家後開始準備早餐。媽媽拿來小竹篩和剪刀，剪下五朵黃澄澄的絲瓜花、兩條小黃瓜、十多粒的紅番茄、一撮韭菜。把洗淨後的絲瓜花和櫻花蝦一起剁碎，加上兩顆蛋和麵粉，拌勻後煎成柔軟香Q的薄餅。小黃瓜切成圓形薄片，灑少許鹽，滴幾滴香油，讓它脆中滑嫩，和小番茄一起放入白色瓷盤，白、紅、綠相間，真是讓人垂涎。把韭菜清燙切小段，置盤後灑上柴魚，再淋上少許醬油膏，霎時間屬於春韭的香氣四溢。

就這樣，我們母女吃著在屋前屋後栽種的當季蔬果。因原味，所以清淡中充滿著鮮甜的感覺。過程中媽媽不只一次地放下筷子，歡喜地告訴我，這些蔬果雖只是簡單的料理，但因為季節對，所以吃起來口感特別好。那種來自自然的味道，乾淨爽口還微甜，真的是人間美味啊！

或許是我們母女早晚都吃自己種植的、沒有任何汙染、不加人工佐料的家常小菜，所以感覺上是清新和歡喜、愜意和滿足的。

記得以前在學校上歷史課，當老師講到「蘇軾」的故事，都會一再地強調，他在「浣溪紗」詩中的那句「人間有味是清歡」的優美詩意，是如何的超然和自在，是經過多少滄桑，才能悟出的道理時，同學們都很無感。

或許是當時年紀小，沒有任何人生的歷練，所以無法體會那種在生活中安適、悠閒和知足的珍貴意境。

沒想到事隔數十年後，會因和老母的相聚，會因擁有了最簡單的食物，而感受自然孕育的佳餚，會是如此讓人窩心和感動。它讓我從清淡的美味中，體會到簡單的幸福，以及淡定中親情溫暖的歡愉，會是如此的難能可貴。

106.4.20

憨仔的牽手

那天回娘家，無意中看到阿梅，二十年不見了，她丰采依舊，甜甜的笑容，親切的問候。

她是我同村的姊妹，媽媽在她小四時就過世了，下有一個弟弟和妹妹。從此她成了小媽媽，要照顧弟妹，要料理三餐。雖然小學畢業時，聰明的她因成績很優秀，老師希望她繼續升學，但她爸爸反對，因為家裏付不起學費，加上田裏需要幫手，所以她每天跟著爸爸，下田幫忙農事。

阿梅慢慢長大後，家裏的農事忙完時，她會四處打零工來貼補家用。由於她勤快，工作又認真，人又長得清秀標緻，十七、八歲時，許多大户人家都紛紛上門提親，希望把她娶來當兒媳婦，結果她都一一拒絕，她認為弟妹還小，還需要她。

她二十二歲時，因為爸爸的一場重病，需要一大筆醫藥費。在求助無門之下，她找了曾經託媒來提親、住同村的陳家幫忙。她答應陳家只要拿一萬塊幫忙她，她就嫁給陳家的獨子——憨仔。

憨仔家是開柑仔店的，生意興隆，店門口的大榕樹下，擺了兩張桌子賣些水果。憨仔是早產兒，在醫學不發達的年代，沒有好的醫療，造成了他智力的發育不全。他高高瘦瘦的身子，顯得很單薄，反應有點慢，講話有一搭沒一搭的，有時說過的話瞬間就忘了，他沒有心機，心地很善良。

每天他阿母要他坐在榕樹下顧水果，要論斤秤兩，數目大的，他沒能力算，像削削甘蔗、包包水果，他是可以勝任，只是動作慢些。有客人要買時，他就進店裏請阿母出來。

有時客人問他西瓜甜不甜，他會回答：「我…我…我沒吃！不知道。但我阿母說很甜。」有人問他，你賣的甘蔗水分好像很足，看你削甘蔗皮很利落。他說：「是刀…刀…刀…刀子很利，阿母剛剛磨過，不是甘蔗水分很多啦！」

或許他就是這樣，說話很直，不懂得拐彎抹角，所以村裏的人都喊他

——憨仔。儘管家財萬貫，已經二十出頭的他，卻一直找不到合適的對象，這讓他父母非常擔心。

當憨仔的阿母聽到小梅的要求時，一口就答應，不僅先把一萬塊給阿梅，讓她爸爸看病，還告訴阿梅，自己願意付兩萬塊當聘金，唯一的條件是，結婚以後不管發生什麼事，阿梅都不能再嫁，永遠是陳家的媳婦。她要阿梅不要急著回答，要仔細考慮，因為這是終身大事，要考慮清楚，免得後悔。結果阿梅當下就點頭答應。

就這樣，憨仔要娶阿梅做牽手的消息，立刻傳遍了整個村子，大家都替憨仔能娶到這麼漂亮又聰明勤勞的阿梅感到高興。當然也有人說，真是一朵鮮花，插在牛糞上，替阿梅惋惜。

陳家很大氣、很厚道，付完聘金後，先讓阿梅照顧爸爸到康復，又幫阿梅家的房子整修好，還幫她的弟妹們留下一筆學費，讓阿梅沒有後顧之憂後，才把阿梅娶進門。

阿梅進了陳家，讓陳家充滿了朝氣，因為多了一個會寫、會算、會看店的媳婦。她看店之餘，常教憨仔講話，教他如何做些簡單的算術，客人上門時如何應對。或許是她真的很用心、體貼，加上耐心，憨仔慢慢地在各方面都有不一樣的表現，這讓他的父母喜上眉梢，對阿梅是另眼看待，他們認為阿梅是有幫夫運的。

婚後的阿梅，在五年內替陳家生了兩個胖小子，不僅他們夫妻高興，公婆更是開心。

憨仔當了爸爸後，同樣在店裏做些簡單的打雜工作。阿梅就不一樣了，要照顧小孩，還要打理店裏貨物的進出。但工作再忙，她絕不疏忽對憨仔的照顧。

記得是結婚第十年時，憨仔有一次因急性肺炎耽誤就醫而過世，留下八歲和六歲的兒子。面對這樣的打擊，阿梅抹去眼淚，把家撐起來，要孝順公婆，還要養育孩子，但她從無怨言。

憨仔離去後，這些年來一直有人利用不同的方式，想接近年紀輕輕就守寡的阿梅，但她始終不為所動。她永遠記住當初對婆婆的承諾，即使公婆已離世，她依然堅貞不移。我想以「節婦吟」中那句「知君用心如日月，事夫誓擬同生死」那句話來比喻是再貼切也不過了。

如今她的兩個兒子都已成家立業，住在外地，她也因上了年紀，不再經營柑仔店。雖然兒子媳婦常鼓勵她要找個伴，老來好互相照顧。但每一回她都笑著搖頭表示，自己永遠是憨仔的牽手，她這輩子能嫁給憨仔，是她最感幸福的。

105.7.22《聯合報》

第二輯

醬酒拌飯

那天下午，我坐上救護車

儘管經常從親友或傳播媒體中聽到，家有老人的，要常注意他們的生活起居，尤其是變化多端的冬天，以免發生意外。但我發覺很多的時候，「意外」真的是很意外。

前兩天寒流來襲時，外子有點鼻塞，看過醫師服藥後，生活一切如昔。第二天清晨，坐在沙發的他，希望我拉他一下，他想起來。本以為是沙發太沉，讓他不好起身，所以我沒多想，就順手拉了他，並搬來一張有靠背的椅子，順便告訴他，要坐就坐這兒了。

六點多時我和往常一樣出門工作，臨行前我還問他：「你可以一個人在家嗎？」他還用日語回答我：「沒問題！妳去忙妳的。」

下午兩點多我回到家，一打開門，我發現我家好像災區，報紙、書刊灑滿一地，大小椅子東倒西歪。當我還沒會過神來，家裏到底發生了什麼事，只見仰躺在大沙發背後地上的他，全身濕淋淋的，雙唇乾裂發白，像個翻了背的青蛙，手腳不斷地往上抓，希望能抓到依靠幫助起身。

他邊掙扎邊有氣無力地說：「把我拉起來，我想尿尿。」不知是場面太渾亂，還是事情來得太突然，讓我驚慌失措，即使用了全身力氣，還是無法拉動他。

這時我想到要求救，要打119。雖然他覺得只要我拉緊他，他就可以站起來，所以不要打電話，以免浪費資源。但我還是起身，用顫抖的手撥了電話。或許是太緊張，我竟然把119撥成199。

當119撥通後，我卻緊張到忘了要說什麼，讓對方「喂」了好幾聲，我才回過神來。對方要我不要急，把住址說清楚，並把家裏和樓下的大門打開，他們馬上就到

感覺才放下電話，就看到兩個壯壯帥帥、穿著整齊救災服、扛著摺疊擔架、提著兩個提袋的年輕人，進了我家門。

他們進門後，一邊和外子做簡短的對話，希望透過這樣的對話，來瞭解

病人的一些情況。一邊要外子舉手投足，讓他們知道要用什麼方式來幫助病人最好，畢竟每個病人的狀況不一樣。

他們慢慢地扶起外子後，告訴我：病人意識清楚，也沒什麼外傷，不過為了安全起見，還是要把他送去醫院檢查一下，我點點頭。

或許是外子在地上躺太久了，造成尿失禁，所以全身尿騷味，而且衣褲全濕。我怕弄髒了救護車，要求給我兩分鐘，讓我幫他換上乾淨的衣服。由於從小淚腺特別發達，我這次也流下眼淚，加上雙頰紅如火（血壓飆高的現象），所有一舉一動都讓他們看到我的不安和憂心。

他們邊協助我幫外子換衣服，邊安慰我：「伯伯狀況穩定，不會有什麼事的，妳要先把自己照顧好才對。」我又點點頭。

外子被抬上救護車後，當司機的那位要我坐副駕駛座，另一位在幫外子量血壓，並做一些簡單的病例詢問。兩個人各司其職，默契十足，希望為病人做最好的服務。

救護車火速地在路上穿梭，即使速度已經飛快了，但急如熱鍋螞蟻的我，還是覺得能快一點到醫院更好。

就在我還在迷糊中，救護車已停在急診室的門口。由於事先都做好通聯，所以一下救護車，就有工作人員等候，處理後續的就診工作。當救護車要離去時，我向兩位一路幫我忙的救護人員深深一鞠躬，聊表我的謝意。

一切誠如救護人員說的，外子沒大事，是溫差大造成肌肉無力，所以站不起來，經過幾天療養後，康復出院了。

沒想到一場的意外，讓我坐上救護車。在救護車上，我看到救護人員的敬業和努力，也讓我看到生命的無常。特別記下此文，感謝所有的救助人員。

106.2《警友之聲》雜誌

在急診室的那一夜

那天下午，年近八十的外子，因寒流來襲、天氣變冷，一時無法適應，造成雙腳肌肉無力，因無力無法站穩就摔倒在地，只好請救護車送醫急救。

由於氣溫變化大，讓很多人感冒送醫，於是急診室擠滿了人，尤其是白天一般門診結束後，急診室更是熱鬧。哭不停的娃娃，不停呻吟的老長輩，出車禍的傷者，加上喝醉酒、大聲喧譁的醉人，讓急診室的工作人員忙翻了天。

由於醫院病人多，病房床位又少，所以一時之間，大部分的病人都無法轉到普通病房。在急診病人無病房可住的情況之下，讓急診室人滿為患。由於急診室的椅子不多，所以一些來陪病人的家屬，因沒椅子坐，只好靠床邊站著。

當夜漸漸深時，電視上出現台北氣溫十五度的畫面。或許是家人臨時出了狀況，我既擔心又害怕，加上天氣真的很冷，所以我饑寒交迫、心力交瘁。

一位工作人員看我滿臉倦容的樣子，偷偷地提醒我，晚一點病人比較少時，去向護士要一條床單，在候診室的位置上稍微躺著休息一下，這樣會好些。

深夜兩點時，我雖心靈清醒，但雙腳又痠又麻，整個人疲憊不堪。眼看病人漸漸地少了，真的空出好幾個空位，於是我向護士小姐借來床單，就窩在最後排的椅子上，希望能閉目養神，讓自己放鬆一下。

雖然只能綣曲著身子，總比站著要舒服多了，但心裏掛著外子的病情，加上還是有不少的病人陸續地進出，醫生同樣在看病，護士同樣在交代病人該注意的事。病人是比白天少了，但還是鬧哄哄。

由於一顆心始終無法靜下來，每隔幾分鐘我又要起身去看看外子滴點滴的情形，所以根本無法安靜，只好抱著床單靠在椅背上。時間就像點滴一樣，滴答滴答不停地消失。好不容易熬到四點，很快地五點接著來了。一整夜醫護人員不曾停歇，忙進忙出地，辛苦地在為每個病人的健康把關。

當漫漫長夜過去，天漸漸地亮時，無助的我又開始擔心，因為我不知道在急診室還要熬幾個夜晚，才能等到病房。

新的一天又開始了，工作人員陸續地來接班，急診室又恢復了白天的忙碌。回想這一整夜，我在急診室度過，不僅看到了生命的無常，也體悟到健康的可貴。想想，這或許也算是一分收穫吧！

106.2.18《聯合報》

一份難忘的禮物

上個禮拜母親節剛過，每年的母親節禮物，都讓孩子們傷透腦筋。雖然我一再地表示我什麼都不缺，不需要禮物，但是他們還是會準備禮物送給我。

自從孩子們有了經濟能力後，每年的母親節都會用不同的方式來表達對我的愛與謝意。送花、買保養品、請吃飯，就怕有不周到的地方，讓當媽媽的我不開心。

多年來他們一直都很用心地安排，讓我過不一樣的母親節。其中有一年的母親節，最讓我印象深刻。那一年我收到全世界獨一無二的禮物，是他們兄妹費盡心思設計的神秘禮物，讓我至今難以忘懷。

那年我六十歲。孩子們從小就知道我喜歡粉色，所以他們就用了六十張百元大鈔，摺成一個愛心圖案，裏面藏著一串粉色的珍珠項鍊，技巧好到外

表一點都看不出來。

另外，在每個褶與褶相疊的間隙，也就是每張鈔票的相連處，灑下金粉，讓整個心型圖案粉中亮金，閃爍著無限的光芒，以這個亮點來代表母愛的光輝。

兄妹三人共同完成了那顆「心」，又在「心」上放了六顆用粉色紙包裝的巧克力，然後放入粉色的禮盒，禮盒的四邊綴滿了粉色康乃馨。

當天我們一家在餐廳吃著母親節大餐，在用餐結束前，孩子們手捧禮盒一擁而上，將盒子獻給我，當時我嚇呆了，心想怎麼沒看過這麼美麗奇特的禮盒呢？

當我掀開盒蓋，看見我最愛的粉色系珍珠項鍊、粉色巧克力、粉色康乃馨時，我感動落淚，我知道孩子們為了這份禮物，真是用心良苦了。

其實，我和天下的媽媽一樣，只要孩子們平平安安，能常回家讓父母看看，或常打電話回家，和父母聊聊就好，因為那種親情的互動，比任何禮物更珍貴。

那雙曾是懷抱中的紅鞋

昨天經過樓下精品店，無意中看到一雙紫紅色絨布的鞋子，在展示櫃裏交叉展示著。

由於那雙鞋子對我來說似曾相識，所以我走過頭後，又再回過頭來在店裏看了一下。店員以為我想買，還特別過來介紹說，這是復古型的，很時尚，輕便又好穿，還問我要不要試穿。我搖了搖頭，哽咽地說不出話來，含淚離開。

一路上，我想著小六那年，有一次要代表學校去鳳山參加演講比賽。當天到學校時，和我同住三合院、每天一起上下學的小五堂妹，神秘兮兮地把我拉到廁所的角落，打開她藍色的四角包巾，拿出一雙過年時買的、只穿過一次的紫紅色絨布鞋，以及一條還很嶄新的裙子。

她要我換下身上破了很多洞的裙子，並穿上那雙鞋子。這突然的動作讓我很訝異，因為我沒找她借過裙子和鞋子。從小媽媽就告訴我，衣服舊一點無妨，洗乾淨最重要；沒有鞋子穿，同樣可以往前走自己的人生路。

我把媽媽的話告訴她，她卻說，平時在鄉下怎麼穿不要緊，但是今天妳是代表學校，要去城裏比賽，妳就穿上它吧！小小年紀的我，覺得她說得也有道理，就把裙子換了，但鞋子我不好意思在學校穿，因為平時都是赤腳上學，忽然穿上鞋子，感覺怪怪的。於是她把鞋子包在布巾裏，要我出了校門再穿。

那天老師帶我從美濃搭客運車到鳳山，在車上我一直穿著鞋子，只覺得鞋子很緊，腳ㄚ痛痛的，本以為是平常沒穿鞋子，腳不適應的關係，沒想到是鞋子太小了。

下車後還要走一段路才到比賽地點。我才沒走多遠，腳就痛到不能走，我只好脫下鞋子，並把它緊緊地抱在懷裏，跟著老師繼續趕路。

到了現場，老師示意我把鞋子穿上，接著報到並抽籤，籤上除了上台先後的號碼，還有要講的題目。由於共有十位男女選手參加，所以競爭很激烈，每個人都希望有好成績。

我是第四號，講的題目是「保密防諜的重要」。由於這個題目我講過，也練習過很多次，加上前面已有三位選手上過台了，所以我的心情放鬆了不少，因此輪到我時，雖然腳很痛，但我還是忍痛上台。

為了不辜負老師、同學的期望，我努力把平時所學，以及老師所叮嚀的重點都發揮出來，不疾不徐，字字句句都認真用心表達，全神貫注地全力以赴。最後比賽結果，我僥倖得了第二名。

在回家的路上，我因腳磨破了皮無法穿鞋子，所以又把鞋子抱在懷裏，怕弄髒，怕搞丟。我深知它是堂妹瞞著父母拿來借我的，不能出任何差錯。

回家後，我趁著家人還沒回家，把裙子和鞋子拿去還給堂妹。我衷心地感謝她，並告訴她，有朝一日我有能力時，一定會買一雙送給她。她哈哈大笑說，我們是好姊妹，不用客氣了。

長大後大家外出工作，很少連絡，有一年我返鄉時，才知道年紀輕輕的她，已因車禍過世。想著一個善良純樸的女孩，怎麼年紀輕輕就從人間消失了呢？更何況我還欠她一雙鞋子呢！我越想心越痛，那種錐心之痛難以言喻。

如今幾十年過去了，鞋子又吹復古風，同樣的款式又出現在眼前，然而人事已全非。儘管往事不堪回首，但對堂妹的感謝和承諾，我不曾因歲月的流失而忘記，反而更加鮮明。

105.6.4《聯合報》

吃完一鍋地瓜

生長在戰後的南台灣鄉下，物資十分缺乏，常讓小小年紀的我們，利用上下學時，去偷摘農人的果子，如柳丁、芭樂、芒果等等。

每次都由女生把風，男生很快速地衝到果園，把摘到的水果往書包塞，然後離開現場，再在路上分給大家吃。

因此水果的盛產期，我們一群人每天邊吃邊走，日子一久，培養出好的默契，也就是不管發生了什麼事，絕不能在師長面前，露出半點偷摘果子的風聲，否則挨揍事小，要是傳出去怎麼得了。

尤其是在重男輕女的年代，男孩子頂多挨幾下棍子，女孩子可不一樣，長大要嫁人的。

或許就因為這樣，我們一直守口如瓶，從沒發生過意外，也因為這樣，我們無形中培養了革命情感，大家情同手足，家裏有什麼可吃的都會分享。

有一天校慶，學校舉辦運動會，下午兩點多就放學了。由於大家又渴又餓，經過阿良家門口時，有人提議先到他家喝個水再回家。

就這樣，我們一群人衝入他家，大家喝完水後，忽然聽到阿良大聲說：「快來看哪！」我們聽了跟著他進了廚房。

他搬來小板凳墊腳，然後掀開大灶上的鍋蓋，那一霎那，我們驚呼著，因為裏面是一大鍋煮好的紅皮地瓜。然後大家搶著拿地瓜，每個人手上握著地瓜，排排坐在三合院的門檻上，大家高興地吃著，然後帶著滿足的笑容離開。

聽說那是阿良媽媽要煮給他家的豬吃的，沒想到被我們吃完了，讓阿良挨了一頓打。

雖然我們知道後，覺得很對不起阿良，但不知道怎麼辦。長大後每次提起童年往事，我們都笑中有淚，很懷念那些共同的記憶。

105.11.7《人間福報》

一對父子檔的婚禮

知道張大哥終於把婚事定下來，而且和大兒子小傑同一天結婚的消息，先是驚訝，接著是滿滿祝福。

記得二十多年前，張大嫂因一場意外而離開了人間。當時張大哥才三十多歲，兩個兒子分別六歲和四歲。為了照顧孩子，他父兼母職，開始學習做所有的家事。

從事教職的他，每天上班時，把孩子帶到學校的幼兒園，下班時父子一起回家。

由於他還年輕，孩子又小，他的岳父母認為，一個男人要工作又要帶小孩不容易，家裏依然需要一個女人打理，所以不只一次的告訴他可以再婚，但張大哥一直沒答應。

他總說自己還年輕，苦個幾年沒關係，也擔心再婚後，孩子和新媽媽假使相處不來，對雙方都不公平，所以不想再婚。

或許是兩個兒子從小到大目睹爸爸為他們無怨無悔的付出，所以兩兄弟特別的懂事和貼心。他們進入大學後，開始鼓勵張大哥多參加一些活動，多認識一些異性的朋友，不能當老宅男。

一開始張大哥無動於衷，總覺得單身的日子都過了好多年了，沒有什麼不好。

雖然張大哥不想交異性朋友，但兄弟倆從沒有放棄幫爸爸找個伴的念頭。他們不斷地從同學或親友中物色，想找個能陪伴爸爸後半輩子的人。

三年前，大兒子小傑從女朋友口中得知，她有個當老師的姑姑，一直是小姑獨處，喜歡旅遊和攝影。小傑發現爸爸的興趣和對方一樣，於是想盡辦法製造機會，希望成全好事。

儘管兄弟倆使出渾身解數，希望爸爸老來有伴，但張大哥還是覺得，自己一個人終老就好。萬一老了、生病了，請個人照顧也行。

但兄弟倆告訴老爸，外人照顧再周到，還是不如自己的另一半，畢竟有些事是很私密的，那感覺不一樣。

張大哥終於被兒子們的心意所感動，點頭答應。雙方為了親上加親，就來個父子檔同日結婚，讓所有親友見證這麼有意義的婚禮。

看到兩對新人幸福美滿，親友們都衷心祝福兩對新人能白首到老。

105.11.10《聯合報》

醬油拌飯

那天晚上，老公去旅遊，兒子去出差，家裏就剩我一個人用餐，一時之間想偷懶不下廚。之所以不想煮，一方面是一個人吃的量有限，不好煮，另一方面是，真的不知道自己想吃什麼，不知如何煮。在猶豫不決時，我忽然想到，已經好久好久沒吃醬油拌飯了。

一想到醬油拌飯，感覺空氣中就飄著那份香氣，於是嘴角立刻往上揚。拿出瓷碗盛了尖尖的一碗白飯，然後淋上一小匙的醬油，再用筷子拌均勻，當白飯呈淡淡的咖啡色時，屬於醬油拌飯的味道溢出了。

當一口一口的飯在嘴裏咀嚼時，飯的甜味中帶有絲絲的醬油鹹，那種清爽無比、鹹甜適中的美味，真是讓我愛不釋口。心想，難得有這樣的好機會，吃到這麼好吃的美食，我怎麼能虧待自己，這碗吃完要再吃一碗。

或許是好久沒吃醬油拌飯了，所以吃起來感觸特別多。小時候沒有零嘴的年代，在學校跑跳了半天，下午放學回家，感覺肚子就特別餓，因為我家離學校好遠，赤腳徒步幾里路，是很費力氣的。

因肚子餓就找東西吃，其實家徒四壁，也沒什麼好找的，只有打開飯鍋看看，幸運的話會有中午吃剩的飯。看到剩飯，我們姊弟會眼睛大亮，好像發現寶物一樣，彼此露出燦爛的笑容。然後每人拿出碗來分一些，分多少要看剩飯的多寡。有時候每人可分到半碗，有時候一個人只能分到兩口，不過不管分多少，我們還是滿足地笑著，一臉洋溢著幸福。由於當時大環境差，沒什麼菜可配飯，我們只好拌醬油。或許是食物缺乏，也或許是純真的我們懂知足，所以即使是只吃醬油拌飯，還是感覺非常開心。

每次我們和堂兄妹把飯盛好後，就端在三合院大廳的門檻上排排坐。大家邊吃邊聊，聊著學校裏發生的趣事，大家以話配飯，那份開心和滿足，遠勝於山珍海味。男孩們胃口大，動作又快，三兩下就把飯扒完了，把嘴角一抹，放下碗筷，就在禾埕上追逐起來。女孩們總是慢慢吃、慢慢聊，好不容易吃完了，就得趕快收拾，並清洗乾淨，免得父母下田回來還要整理。

過去因生活條件差，很多人在童年都吃過醬油拌飯，卻很少人知道，醬油拌飯好吃與否，是與稻米生產的季節有關。台灣一年有兩季的稻米生產。在南部第一季盛產期是端午節前後，由於是梅雨季節，水分比較多，因此煮出來的飯，Q度和甜度要比晚秋時節收割的稻米差些。

小時候常聽父親說：「吃醬油拌飯，最容易分辨米的好壞，因為沒有別的配料來影響。」所以他要我們細嚼慢嚥，慢慢吃才能體會飯的香和甜味，這樣才可享受到吃飯的樂趣。

每次吃醬油拌飯時，若是媽媽剛好在炸豬油，她會在我們飯上淋上一小匙的豬油。淋了豬油的飯香氣特濃，粒粒晶瑩的白飯，變得油亮滑潤，特別爽口，非常的好吃，吃後會令人回味無窮。

真沒想到，無意中吃了一碗醬油拌飯，會讓我想起從前一堆人一起吃醬油拌飯的熱鬧和趣味。如今生活富裕，有很多的美食可選擇，但我還是喜歡伴著我成長的醬油拌飯，因為我從中學到知足的可貴和快樂。

106.2.18《聯合報》

一份禮物萬份情

那天在市場上看到好久不見的茴香，又嫩又綠，香氣四溢，特別多買了一把，想送給樓下的阿菊。

當我把茴香送到她家時，她不讓我走，硬要我留下來，嚐嚐她剛煮好的紅豆薏仁湯。當我們吃完薏仁湯時，她神秘兮兮地拿出一幅粉紅色燙金的壽幛。上面是一顆愛心的形狀，心型的上面寫著「祝小菊生日快樂」，心型的裏面是滿滿的簽名。本以為這是她過生日宴客時來賓的簽名，結果她紅著臉靦腆地告訴我，前幾天是她六十歲的生日，她都忘記了。當天下午他老公打電話回家，要她不用煮晚餐，他會帶回來。

她想家裏就兩個人，偶爾吃個外食也不錯。就這樣，當晚她老公帶回她最愛吃的握壽司。除了祝她生日快樂外，還送她一個捲筒。

對於這突然而來的動作，她很意外，因為老公在她心目中，除了認真工作、孝順長輩外，沒說過一句浪漫的話，當然更不會記住她的生日。她想不通今天老公是怎麼啦！該不會做了什麼虧心事吧！

她老公要她放心，什麼事都沒發生。當她開心好奇地把捲筒裏面的壽幛取出時，發現裏面的簽名都是自己認識的，有至親、有好友，還有好久未連絡的老師和同學，以及以前的同事。她看著看著，眼淚像斷線的珍珠，不斷地往下掉，很想問老公，是如何找到這些她生命中最想念的人。

沒等她開口，她老公開始告訴她，結婚三十年來，很感謝她對父母的孝順和寬容。尤其是父母的晚年長年臥床，需要陪伴和照顧，別的妯娌不願做的，她的默默無怨尤的付出，這些他都看在眼裏，感激在心裏。為了感謝她，他特別請了六十位以前的同學、老師、同事和家人，寫下對她最深的祝福，來作為她六十歲生日的禮物。

阿菊覺得老公的用心讓她很感動，因為要找六十個不住在同一縣市的人不容易，虧他想得出這麼特別的禮物。

106.2.11《聯合報》

公婆伸出援手

阿芬是生長在南部鄉下的女孩，十年前認識了從北部到南部當兵的先生，相識兩年後結了婚。婚後住的台北房子是公婆的，她家和婆家相距不遠。

婚後她連續生了三個孩子，為了照顧孩子，她是無收入的全職媽媽。多年來她先生的工作不穩定。她的公婆已七十多歲，是沒受什麼教育的鄉下人。婆婆身體微恙，很少出門。公公每天騎著三十多歲的老野狼125，載一些乾貨到市場做生意，因為賣的東西不多，所以收入很有限。儘管如此，公婆還是一直默默地幫助她。

孩子過生日時，婆婆會送來紅包，要她加點菜，並帶小朋友去買兩套衣服。開學時，又會為孩子送來「獎學金」，鼓勵孩子認真用功。逢年過節，一家大小吃的、用的，婆婆都會送來。

過年時全家都有紅包，阿芬的比老公的更有重量，因為她婆婆認為，一個家女人比男人辛苦，所以紅包要大一些。阿芬除了擁有婆婆給的大紅包之外，她婆婆也會另外給她一包，要她初二回娘家時交給父母，以表達對親家的謝意，感謝他們生了個好女兒，來當她的媳婦。

上個周末，阿芬的弟弟要結婚，公婆要她提早回家幫忙，因為阿芬只有一個弟弟，沒有兄姊，家裏難得辦喜事，一定需要人手協助，至於孩子們上學的事，他們會接手打理。

弟弟結婚當天，她公公特別放下工作，和她老公及孩子一起南下參加婚禮。公公見到阿芬時，塞給她一個大紅包當賀禮，打開一看是兩萬元。阿芬潸然淚下，因為她知道這些錢是公公辛苦賺的，他和婆婆一向省吃儉用，但對阿芬和孩子，卻是如此的大方，總在她最需要的時候伸出援手，令她非常感動。

她的公婆不擅言詞，說不出什麼大道理，但他們每個動作，都代表著父母對子女的愛，阿芬從中感受溫暖，也學會許多待人處事的圓融和貼心。

102.2.26《聯合報》

愛的故事最窩心

等了好久終於收到預購的《愛之旅》，忍不住停下手邊的事，來個先睹為快。

儘管書裏的六十篇故事，早就在報上看過了，但還是興趣高昂地再看一遍兩遍……因為溫馨的故事最發人深省，是讀它千遍也不厭倦的。每一回讀出來的心得都不一樣，但能溫故而知新，就是最佳的心靈享受。

在〈不會放開的手〉中，我似乎看到多年前發生在我家的故事，所以特別能感同身受。那時外子是科技公司的主管，必須外派到對岸工作。當時因經濟不景氣，公司經營不易，高層早就考慮到大陸發展。

他是在快過農曆年時告訴我，過年後有可能外派去大陸。當時我問：「你會被派到嗎？」他表示身為主管的，去的可能性很大，因為新公司的業務和管理，主管要比年輕幹部更熟悉，言下之意非去不可。

我聽了低下頭沒說什麼。當時這情形已是一個趨勢，親友中就有很多已經外派了，只是我沒想到，這件事這麼快就發生在我身上。

那一晚我們都輾轉難眠，好幾次我的手碰到他的手時，我都有意地縮回，而他是有心地抓緊，放在他胸口。不擅言詞的他沒說什麼，只是要讓我多一份安全感吧！

過年時，我沒有很快樂，因為我感覺，年一過或許他就要去對岸了。日子一天天過，我不敢提這件事。他看得出我的憂心，每天晚餐時，除了幫我挾些菜，也趁機聊聊一些親友們的趣事，只希望分散我的不安。

在日子確定的前一個禮拜，他就把消息告訴我，我問他多久可以回來一趟、要一直長駐嗎？他說，基本上是一個月回來一次，會不會因工作忙，把時間延長，他也不清楚。至於要不要長駐，就要看公司的發展如何。

出發的日子終於到了，那天早上我們起得很早，我幫他把行李檢查再檢查，就怕有什麼沒帶上。他也是心不在焉地在屋裏走來走去。

八點整公司派人來接他，車上還有幾位要一起去的同仁。他不希望我去送機，他覺得「送君千里，終須一別」，所以我還是不去的好。

臨出門前，他拉住我的手說：「這雙手是屬於妳的，我不會放開的。」一時之間，我不知說什麼好，只讓一切盡在不言中。

就這樣，他到了對岸。一開始，他真的很忙，並沒有每個月回來，但他再忙都會和我聯絡，讓我放心。幾年過去了，公司已上了軌道，他回來的次數變多了，每一回見面，他都會握住我的手，給我溫暖的體溫，讓我感受那份暖意。

一篇〈不會放開的手〉，讓我回憶著那段夫妻聚少離多的日子。

在〈把愛別在左胸口〉中，讓我體會一段異國戀情的真、善、美，也讓我明白原來感情是沒有語言隔閡、不分國籍、無遠弗屆的。

他因為深愛她，總是千里迢迢地把歡樂帶給她。即使是一份禮物，一次短短時間的相聚，也都用心安排，讓她感覺既浪漫又開心，知道自己是被寵愛和呵護的。

由於他是認真的、善良的、真心愛她的，所以當他發現自己的身體不再年輕，沒有能力照顧她、陪她終老一生時，他讓這份感情譜下了休止符。

他那份純潔無私的愛，讓她刻骨銘心、永難忘懷，小心翼翼把他放在心上。看了這麼感人的愛，除了感動，還有不捨和心疼。

其實誠如編者所說的，全書中每一個故事，都令人怦然心動、感動莫名。我覺得人與人之間，處處充滿了誠摯的愛，才讓我們生活幸福美滿。

感謝所有作者的分享，也感謝編者的用心，讓我有機會再一次地體會愛的珍貴。

105.9.12《聯合報》

廣播劇

趁著中秋連假回娘家，在夜裏空無一人的三合院，我在禾埕上，陪九十多歲的老媽媽聊天。

由於農村謀生不易，年輕人都紛紛往鄰近的都市發展，因此一個諾大的三合院，就剩老媽一個人守著。

每次回家晚飯後，我都會搬兩張藤椅到禾埕上，和媽媽聊些過去的故事。因為院子大，女兒牆外是一口大池塘，所以晚風徐來，特別清涼。

當我們聊到小時候夜裏躺在鋪著草蓆的禾埕上，數星星、看銀河和月亮時，媽媽忽然問我：「妳們那時每到星期天晚上，大家就會坐在這兒，聽的什麼劇，現在還有嗎？」

由於事隔四、五十年，我一下子想不起來。但為了要回答她，我努力地想，終於想到她大概是在說「廣播劇」時，忍不住地笑出聲來。真驚訝媽媽的記憶力怎麼會如此之好。

記得那時候剛上小學，在封閉的農村，不僅沒有什麼娛樂，而且連國語都不太會聽。學校的老師，大都是從大陸過來的退役軍人，他們年紀大，鄉音很重，我們常常聽不懂他們說的話。

為了要學說國語，老師希望我們回家多聽廣播。而聽廣播需要收音機，偏偏在物資缺乏的年代，整個村子只有仁叔家有一台。平時大家忙農事，加上早睡早起，根本沒機會收聽。

有一回仁叔在台北念大學的兒子放假回來，趁著星期天晚上，把收音機放在禾埕上，邀請左鄰右舍的孩子，一起來聽廣播劇，從此一切有了改變。

沒有任何娛樂的農村，從那次以後，每個星期天晚上八點，我們這群孩子，會提早坐在禾埕上，等待那一刻的到來。

當八點整鐘響過後，「廣播劇」三個字很震撼地被報出來，這時我們會不約而同地立即靜下心來，認真聆聽接下來的劇名、編劇、導播、配音及所有演員的名字，和他們擔任的角色。

偶爾，電台也會先播一小段劇中的經典場景吸引大家，然後再報劇名。當時有很多劇本是崔小萍小姐編的，故事很多樣化。因為那時候，二次大戰剛結束，很多故事題材來自八年抗戰中的顛沛流離，以及患難見真情，或久別重逢、刻骨銘心之愛情，還有本省人與外省人共同生活的溫馨故事。

「廣播劇」雖然只聽聲音，不見人影，但由於故事精彩，又充滿娛樂性，語言很大眾化，所以很受大家喜愛。劇中人更因為演員出神入化的精湛聲音演技，演活了各種角色的喜、怒、哀、樂。也讓我們一票人聽得如癡如醉，隨著劇情的變化，心情是高低起伏，或又緊張害怕。劇中人哭了，我們跟著哭，他們笑了，我們也跟著笑。

「廣播劇」通常一集就是一個故事，整整一個小時，無廣告，不冷場，所以每個人都非常用心聽，深怕錯過哪個片段而感遺憾。畢竟當時沒有重播，也沒有網路可搜尋。

就這樣，有笑有淚的「廣播劇」，緊緊繫著每個孩子的心，默默地陪著我們成長。在我們年少的時代，不僅滿足了我們的娛樂需求，我們也從中學會說國語。它真正做到寓教於樂，讓我們的童年，因它而快樂且豐富。

夜漸漸深了，我想了想回答媽媽，「如今科技進步，視訊方便又多元。電視螢幕大，音響色彩又好，還有網路可供即時瀏覽，因此聽廣播的人自然變少了，廣播劇也就不像以前那麼被重視了。」

然而，我心裏更認為，「廣播劇」其實是一個時代的記憶。儘管如今風華不再，但我還是非常懷念，以前那些膾炙人口的故事，以及席地而聽的趣味。

105.11.9《聯合報》

忙而充實

最近這陣子，和幾位已退休的朋友聊天，她們共同的心聲就是，離開了職場，生活過得無趣且盲目。她們問我是如何打發時間。

或許是我生長在傳統、家中經濟不好的年代，所以從小媽媽就要我學一技之長。她認為女孩子念不起書不要緊，但能有手藝，對自己就多一分保障。

就這樣，在媽媽的調教下，我很小就會拿針縫補衣服，而且一次比一次做得工整。婚後我在家帶小孩，順便做裁縫貼補家用。「做裁縫」在成衣不普遍的年代，它提供了穩定的收入。

當成衣普遍後，洋裁沒落了，我的孩子也長大了。為了不讓自己閒得慌，我改做手工拚布包。

因為有洋裁的基礎，做手工拚布包就不難。把材料準備好，再依花色設計一些不同造型的包包。有了造型就可以裁布來搭配。

裁剪之後依序縫製，太素的就加上蕾絲來點綴，讓它素中帶雅。太花俏的，口袋及提帶部分，我就採用素色來搭配。每個包包不分大小，我都盡量做到完美，讓它展現不同風格，來吸引買者，來滿足不同年齡層、不同審美觀的顧客的需求。

就這樣，每天早上我帶著自己做的手工布包，在不同的菜市場擺攤。擺攤讓我有收入，擺攤的空檔，我又可閱讀不同的書籍，讓自己藉機成長。

收攤回家後，把家務整理好，我又開始我的手工生活。我一邊裁剪，一邊拚湊，讓每個包包，從無到成型，有了豐富的生命。

我邊工作邊聽廣播，學英語、聽名人講座、聽聽音樂，讓日子忙而充實。我喜歡廣播，它雖無形卻不斷地提供我各種不一樣的資訊，滿足了我的求知慾，也讓我在輕鬆的音樂中，享受手做的樂趣。

我很喜歡這樣有目標、有節奏的生活，因為每天有忙不完的工作，所以我不孤單、不無聊，善用每個可利用的時間。也因為這些，豐富了我的生命，也讓我有成就感。所以想要怎麼樣的生活，需要自己來設計。

106.1.17《人間福報》

穿貴不如穿對

體型矮矮胖胖的好友文文的女兒，下個月要結婚了。她說：「第一次當丈母娘，衣著不能太寒酸，因為眾多親友會來，不能沒面子。」

於是為了要當最美麗的丈母娘，她這陣子想盡辦法，要找合適的衣服，好在女兒大婚的日子裏亮相。她積極用心的態度，比起要當新娘的女兒，是有過之而無不及。

她先是花了八千元，找裁縫師選布料量身訂做，結果不滿意，她感覺式樣太傳統，沒有時尚感。訂做的不喜歡，就到不同的專櫃挑選。她認為專櫃的衣服雖然貴了些，但布料、款式一定最好，於是一口氣花了好幾萬塊，買了四套不同款式、不同造型的套裝和洋裝。

本以為有了這四套應該夠了，但回家以後，她不停地試穿，鏡子是照了又照，結果還是繃著臉搖頭，沒有一套合她的意。

前兩天樓上的張小妹要去日本出差，她又託她帶兩套衣服回來。她覺得日本女人的身材，和台灣女人差不多，所以衣服的尺寸也會大同小異，穿起來比較放心。

雖然在買的過程中，細心的張小妹都有現場透過視訊line給她看，讓她自己選擇顏色和款式，但衣服買回來後，她又發覺不怎麼樣。眼看大婚的日子快到了，她花了大把鈔票，買回來的衣服又不喜歡，但迫在眉睫，她最後選擇要穿那件最便宜的，畢竟是量身訂做，最能配合她的身材。

記得前些天，當她舉棋不定要穿哪一件時，她老公曾說；「衣服穿得對，要比穿得貴好。」

我覺得她老公的話非常有道理，因為每個人的膚色、身材都不一樣，先認清自己的特色和喜好，再找合適的衣服。這樣穿起來，不僅感覺很舒適、很歡喜，而且還會因為穿對，帶來畫龍點睛之妙。

所以選衣服，不一定要最貴的，只要合適的就好。

105.7.12《人間福報》

適時巧妙的拒絕

家裏的孩子不管男女，從小就白胖可愛，水蜜桃般粉嫩的臉頰，加上口水欲滴的小嘴，烏溜溜、黑白分明的大眼睛，真是人見人愛。

每次我抱孩子出門，陌生人看到了都說：「好可愛喲！」相識的就會說：「來！阿姑親一下」或「阿伯親一下。」此時我都先看對象，要是男性的長輩，我都會表示，孩子怕生，嚇哭了不好。要是對方硬要獻熱情，我就會半開玩笑般說：「鬍渣渣會紮痛小臉蛋的。」有抽菸或有酒味的，我都會說：「改天沒喝酒時再親吧！這次就欠著！」由於我一向口氣溫和、說話婉轉，總會讓對方有台階下，不傷和氣又化解了尷尬，所以相安無事。

要是遇到三姑六婆，她們來勢洶洶一定要親，我又不好直接拒絕時，我只能見機行事，把抱在身上的小朋友的臉，很技巧地往後面輕輕一轉，再把我自己的頭靠緊小朋友，讓對方很識趣地不好意思有下一個動作，這樣小朋友既沒被親到，對方也不會有被拒絕的尷尬。

其實小朋友長得可愛、討人喜是件好事，長輩們想親一下，表示疼愛，也沒有錯，但基於衛生，或天氣熱容易引起傳染病，做家長的實在不能大意。畢竟孩子小，抵抗力較差，不能有閃失，只好拒絕。

我覺得要拒絕親友們的熱情，拿捏要有分寸，適時技巧的表達，才能和諧圓滿。

102.7.28《自由時報》

要他將心比心

記得兒子剛上小學一年級沒幾天，有天下午和妹妹在看卡通時，不知為什麼，忽然衝著妹妹飆了一句：XX娘。

當時我很驚訝，以為我聽錯了，因為我們家從來沒有出現過這句話。為了要證實我是否聽錯，於是把兒子叫過來，輕聲地問他：「你剛剛說什麼？」結果他把那三個字再說一遍。

我問他知不知道這三個字是什麼意思。他猛搖頭，並告訴我班上同學都用這句話飆來飆去，很好玩的。聽到這兒，我拿來一張紙，上面就寫著這三個字。我告訴他，這是罵別人媽媽的髒話，順便問他：隨便罵別人的媽媽好不好？他又搖搖頭。我再問他：要是別人罵媽媽，你會怎樣？沒想到他低著頭，哽咽地告訴我：會很生氣。我繼續問他：既然這樣的髒話會讓人很生氣，那以後還要不要說？他搖頭說：我會記住不能說。從那天開始到今天，我不曾再聽過他說這句話。

我覺得孩子像張白紙，他們很容易受家庭環境的影響，在不知不覺中，學會家中大人的口頭禪。很多家長也認為，三字經、一字經只是口頭禪，不算什麼髒話，但是他們忘了，純真的孩子們在耳濡目染下，就照單全收了。因不知道什麼意思，所以有事沒事就飆來飆去、出口成髒，造成別人的困擾，因此我認為，有需要讓孩子懂得將心比心，這樣就不會說髒話了。

103.5.18《自由時報》

需要全家人的付出

前幾天從傳播媒體中得知，有三個兄弟搶著要捐肝給患肝病的父親。每個人都希望用自己的肝來救父親，但父親只需要一個人的肝臟。最後兄弟決定，用抽籤的方式來決定捐肝者，至於沒捐者，在這幾年內，都要協助捐肝者的家庭生活負擔。

看到這樣感人的消息，我除了感動，也深深地體會到，親情的互動對一家人來說，是何等的重要，又是何等的難能可貴。

這件事也讓我想起，過年期間拜訪叔婆時，和叔婆的一段對話。叔婆九八高齡，耳朵有些重聽，說話有些慢，偶爾需要輪椅代步，至於其他的身體功能都很好。

她告訴我，很多人都會問她，要怎麼保養才能讓身體健康。她的回答是：我有孝順的子女，大家相處愉快，所以我過得很快樂。他們除了讓我生活無慮外，個個對我都很貼心、很寬容，讓我無形中多了安全感。我就是在這樣的環境氛圍下過日子，所以會健康長壽。

叔婆的話看似稀鬆平常，但我卻覺得它充滿哲理。畢竟每個人的個性不同，生活習慣也會多少有差異，例如，在飲食上長輩們喜歡重口味，晚輩們喜歡清淡，如何讓長輩們吃得開心又兼顧營養，是需要用心來調理的。

另外年紀大了，都比較不愛動，此時需要晚輩們耐心的鼓勵，讓她願意走出户外，曬曬太陽，活動筋骨，和別人講講話，互動一下。諸如此類的動作，對年長者的健康都非常有幫助的，但需要家人的配合。

而現代人生活環境和過去的大家庭截然不同，以前家裏人口多，可以相互照顧，老大不在還有老二，展現了人多好辦事的實質意義。現在家庭不僅成員少，而且不同住，無形中分散了人力資源，這對照顧長者來說，會有力不從心的感覺。因此如何讓有限的人力發揮到極致，是需要全家人的互動和付出。相信只要用心配合，全家人的健康就多了一道維護的牆。

104.8.28《醒世雜誌》

婆婆的願望

前幾天在圖書館門口遇到小慧，她是以前鄰居孫大嬸的媳婦，搬了新家後，就不曾與她們聯絡，幸好那天巧遇。

她告訴我，早在十五年前，她就已經不是孫家媳婦了。如今小慧已經有新的婆家，但她感謝孫大嬸在還是她婆婆的時候，對她視如己出的疼惜。這對自幼喪母的她來說，是何等的珍貴和感激。為了感恩，她至今乃三不五時地去探望她。

聽她說晚一點要去看孫大嬸。我告訴她我也想一起去，探望這個多年不見的老鄰居。當天恰巧是孫大嬸的生日，我們買了蛋糕，以及一些適合老人家吃的小菜。

進了孫家，我才知道孫大叔好些年前就過世了。孫家的子孫，如今都定居加拿大。現在家裏除了孫大嬸，還有她那將近百歲的婆婆。老婆婆以前從事教職，退休四十多年了，如今滿頭銀髮，慈祥和藹的臉上，有幾點代表長壽的壽斑。

她行動不便，外出時都以輪椅代步，有點重聽，又有點失智，說過的話很快就忘了。不過從她不急不徐的説話中，可以看出她是個樂觀又平易近人的長輩。

當我們在蛋糕上點亮蠟燭，讓孫大嬸許願時，她說：「希望婆婆健康，歲月長留，也希望自己健康，才有能力照顧婆婆。畢竟，家裏沒有男人在，自己又八十多歲了，若出了差錯，要照顧婆婆，就會力不從心。」

看到孫大嬸虔誠地許下只希望彼此健康的心願，我非常感動。一個家就只有這兩位老太太相依為命，彼此都能健康，對她們來説是多麼的重要啊！孫大嬸的願望看似平凡卻是最沉重、最不容易的，我希望她日日如願。

我常常覺得人的緣分很有趣，十五年前的孫大嬸一定沒有想過，十五年後當她年邁時，一個無緣的媳婦，會比自己的兒子對她付出更多的關懷。

104.8.22《聯合報》

大家一起來

因拜社群之賜，才有機會和孩子同學的媽媽們認識。由於大家喜歡在線上聊天，一方面可以瞭解彼此的孩子在學校的表現，或透過這樣的互動，大家可交換一些養育的經驗，聊久了自然成為無所不談的好朋友。媽媽好友群組就形成了。

好友們在頻繁的交談中，難免會談到學校的一些政策，或老師教學的情形，因此有些「親師派」的會想加入，看看大家談什麼。當老師的也會想參與，好瞭解現況。每次遇到這種情形，我們都表示，歡迎大家一起來。我認為與其因拒絕而造成日後的誤會或尷尬，倒不如大家共同參與。

因為每個人的角度不一樣，對事件的觀點也不同，能透過大家的意見表達，達到集思廣義的功能，何樂而不為？另外家長們可能只聽到孩子單方面的看法或意見，有時難免有欠周延，若能讓老師加入，聽聽他的說法，透過彼此的溝通，必能讓事件更圓融美滿。

我覺得孩子在學校是靠老師傳道授業，若因為媽媽社群的互動，而瞭解需要加強的部分，進而加以改善，這樣無形中就有輔助的功能了，所以它是非常正面的。

媽媽好友群組可讓有同好或同學們的家長匯集在一起，在線上溝通、提供意見，既方便又有趣，若因此帶動了師生之間情誼，那是雙贏的，所以能夠讓大家一起來參與，那是最好的。

103.4.20《自由時報》

教學相長樂趣多

自從家裏多了一個幼稚園大班的小朋友後，身為家長的，無形中多了一份工作。因為老師規定的功課，絕大部分需靠父母指導參與，儘管如此，我卻樂在其中。

許多的功課都以「親子互動」和「同樂」為主，讓家長有機會可以共同學習，例如看圖認字和說故事。為了讓孩子增加印象，我會多找些資料，來豐富內容，無形中享受到教學相長的快樂。

讓小朋友捏黏土自由創作，你會發現小朋友無奇不有的想像力，是多麼天真無邪。捏黏土可讓孩子們打發時間，靜靜地創造出心目中喜歡的卡通人物，以及一些水果和動物的造型，還可以磨練孩子們的耐心，也可從中看出他們的興趣，那真是一項很有趣的功課，而且百做不厭。

有一回的功課是希望孩子們學方言，包括台語和客家話。為了教孩子，我找來會說台語和客家話的同事惡補一下，回家後再copy給小朋友，結果因不輪轉，都不太對，難免有雞同鴨講的糗境，因此笑話百出。不過我們還是非常開心，至少學會幾句，還享受到不同語言的趣味。

由於和孩子們共同做功課經常有偶發狀況，有時答非所問，有時令人啼笑皆非，但我還是非常喜歡執子之手、與子同學的時刻，因為透過互動學習，彼此在各方面都有成長，那感覺是快樂，更是無價的。

102.12.15《自由時報》

永遠的師父

每天在市場賣拼布包，當客人讚美我手藝好時，我都會想起教我拼布的老師——陳湘。

她雙腳萎縮、身材矮小，卻樂觀開朗、做事認真，一切都靠兩隻手。當初她開班授課時，有十多個學員參加。拼布就是把不同大小、不同顏色的布，用手縫成不同的產品。每次上課她都很嚴格，規定只要沒縫好，就要拆掉再重新縫，一定要讓作品縫得很平整、很精緻。

一般的縫針又細又尖，一不小心就會戳到手指，那是很痛又會流血的。所以很多學員無法接受這樣經常有皮肉之苦的學習，來上幾堂課後，學員只剩五個人。進入高階班後，所縫的拼圖更複雜。

有一次要縫的圖案有十種，而且大小和顏色非常相近，讓人很容易混淆。我因眼花而縫錯了幾片，在拆拆縫縫中，布不僅變了形，還有虛線，手指也在拆縫過程中，被針刺到傷痕纍纍。我很沮喪，就在心灰意冷中，難過地掉下眼淚。

老師看到了，輕輕地拍我肩膀，要我加油。她表示：萬事起頭難，只要能耐著性子把它學好，會終生受用的；她行動不便，都可以學成，我四肢健全，怎可輕言放棄。她的話如當頭棒喝，點醒了我，為了不辜負她，我抹去眼淚，用毅力和耐心克服一切。

如今這份技藝不僅改善我的生活，也豐富了我的生命，所以非常感謝這位永遠的師父。

106.9.27《聯合報》

本文獲得《聯合報》繽紛版、點燈文化基金會「老師我愛您」徵文金榜

評審的話

雖然師生的身分不同，但多了同理與善待，有時老師一句表達善意鼓勵的話語，都能激起學生無窮的信心。

急診室裏的春天

記得很多年前，村子裏觀音廟的觀音菩薩過生日，村裏的人為了要慶祝，但礙於經費，請不起大陣仗的歌仔戲和布袋戲，最後只好放一部已下片的電影作為代替，大家認為有誠意就好。

聽到廟裏要放電影，我們這些孩子可樂了，千盼萬盼終於等到放映的日子。那天晚餐後，叔婆帶著我們十幾個人，以半走半跑的速度，衝到了廟前廣場。雖然還不到上映時間，但已經擠滿了人。

由於銀幕很高，所以大家都站著看。因為是外國片，鄉下人聽不懂英語，所以很多孩子乾脆跑來跑去玩了起來。好不容易電影落幕了，叔婆又帶著我們回家。

記得回到家時，媽媽問我：「電影演什麼？」我說：「對白很快，我聽不清楚，只覺得醫生護士在急診室穿梭，看起來很忙，而且他們每一個都長得特別俊俏。」或許是我的答案有說跟沒說一樣，結果沒去看電影的媽媽表示，以電影的名稱來看，應該是發生在急診室裏一些很溫暖的事。

漸漸長大之後，我已經忘了當時電影的情節，但是媽媽當時的那一句話，我卻牢記在心。真沒想到數十年後的今天，我卻在真實生活中，發現了診室裏的春天。那天老公因發生了意外，送進了急診室，我必須去照顧。在治療及等病房的兩天中，我看到很感動的事。

急診室因病人多，它分成A、B、C、D、E區，A區2床簡稱A2，C區3床簡稱C3，依此類推。由於病人多，所以床與床的距離很近，也就是說，同區的病人發生了什麼事，或和醫生說什麼話，隔壁床的人都可以聽得很清楚。

那一晚約七點多，護士小姐來告訴A5的病人，要到三樓去照X光，請病人家屬用輪椅把病人推去。病人是八十多歲的老伯伯，床旁的是他年約六十的兒子。或許是人太多，急診室的輪椅都被推完了，他只好上二樓的護理室借來一輛。

當他把老伯推去三樓照完X光回來，已經快八點了。兒子把老伯抱回床上安頓好後，我聽到老伯對兒子說：「趁現在還不晚，去外面看看，賣醫療用品的店打烊了沒，若還沒有，就買五輛輪椅回來，放在急診室給大家用。」兒子聽了點頭表示，他立刻去辦。結果不到一個小時，急診室的角落就多了五輛嶄新的輪椅。

深夜一點多，每個來顧病人的家屬，都累得紛紛趴在病床邊打個盹。我因害怕、擔心外子的狀況，即使兩眼艱澀難過，我還是站著。本以為夜深了，急診室裏會安靜些，但一輛緊鳴警笛的救護車，又來到急診室。

當時很多匆促腳步聲傳來，感覺是有嚴重病患。不一會兒就聽說是車禍，傷者失血過多，需要緊急輸血。約幾分鐘過後，護理室傳來訊息，需要AB型的血。這時趴在C3床邊在照顧媽媽的年輕人，抬頭四處望了望。我告訴他：前面患者需要AB型的血來急救。

他一聽連忙說：「真的啊！我就是。」他媽媽連忙叫他快去捐血。沒過多久，他笑容滿面地回來了。我對他說：「年輕真好，抽個血，喝杯鮮奶就好了。」他笑著點點頭表示沒什麼。

當黑夜過去，天慢慢地亮了，急診室裏又開始忙碌，醫生護士交班時刻。E4病床上躺著約四十多歲的媽媽，她滿臉通紅，一個晚上吐了十幾次，而且一直高燒不退，她床邊站著一個念高職的女孩。醫生告訴她們母女，希望做個腦部斷層，來釐清病情。這個檢查需要自費，護士會送繳費單來，費繳完就可做檢查了。當醫生離去時，小女孩忽然哭了。坐在E5床邊約七十歲的在照顧老公的一位婦人，連忙上前去關心。女孩抽咽地表示：她們是單親，繳不出近萬元的掃描費，不知怎麼辦。

那位婦人聽了，拍拍女孩的肩膀，並從皮包裏抽出一疊千元大鈔給女孩，要她趕快去繳費，好讓媽媽得到好的照顧。

真沒想到因老公的一場意外，讓我在急診室裏看到這麼溫暖的事。因親身體會，感覺現實版的「急診室裏的春天」，比電影版的劇情更真實、更感人。

106.5.12《聯合報》

第三輯

用心良苦

舞出一段姻緣

婚前我是徒步上班的，在三十分鐘的路程中，會經過一座公園，公園裏有很多婦女在跳土風舞。

每次經過，只要天氣好，我都會停下腳步，加入舞群，和大家一起跳個十分鐘。因為我在念書時，就是學校的土風舞隊，所以看到公園有人在跳土風舞，我就想參加。

我心想，在不影響上班的情況下，先跳個舞，再帶著快樂的心情去上班，工作效率一定超好。就這樣，每天早上我和婆婆媽媽們一起共舞，日子一久，大家變得很熟。

約半年後，有位跟我很投緣的大姊告訴我，她想把弟弟介紹給我認識。她也把弟弟的性格、工作的情形和家庭背景，說得很清楚，並希望我考慮考慮。

沒想到在她的撮合之下，三年後我成了她的弟媳婦。當朋友笑我很厲害，走路就可撿到老公時，我百口莫辯。

105.11.22《聯合報》

帥哥！加油

好友書屏的兒子俊浩，從小就喜歡車子，他家的玩具車，大大小小的一櫃又一櫃，就像是一間汽車博物館。

俊浩喜歡車，五、六歲時他會把玩具車拆了，然後又重新組合，看得出他對車子濃厚的興趣。

他雖然愛車如癡，但功課一直不錯，大學念的是機械工程。畢業後要就業時，他的父母希望他能進入大企業，當個朝九晚五的上班族。父母認為在大企業工作，收入多，而且比較有升遷的機會。

他沒有照父母的意思做，他認為做自己喜歡的工作，比較得心應手，而且有成就感。於是他瞞著父母去考公車司機，從錄取到專業受訓都保密，因為他知道父母一定會反對。

開車上路一個月後，領了第一份薪水時，他才告訴父母自己的工作狀況和工作心得，只希望讓父母知道，他熱愛這份工作，而且做得很開心，要父母放心並成全他。

沒想到他的告白讓父母錯愕、傷心、失望。媽媽認為若要開公車，那何必念大學？年紀輕輕開什麼公車，她要如何在別人面前說，自己的兒子在開公車，那太沒面子了。

爸爸則認為開公車沒什麼升遷的機會，難道要當一輩子的司機嗎？真是太令人失望了。他要俊浩明天就辭職，不能再去開公車，否則脫離父子關係。

對於父母的強烈反彈，他早就有心理準備，所以一點都不意外。他留了一封信，告訴父母職業無貴賤，喜歡最重要。開公車是很專業、很快樂的工作，每天可以服務很多乘客，乘客開心，自己也高興。每次當乘客向他說謝謝時，他都覺得自己沒選錯工作。

那天我搭的公車人很多，一路上都會聽到司機先生報站名，和提醒乘客要扶好、注意安全等等。我發覺這司機很盡職，服務態度很不錯，心想下車時一定向他說謝謝。

沒想到在下車刷卡時，猛一回頭，看見司機是俊浩，我既驚又喜，我說：帥哥！你的表現真的很優秀，加油喔！他露出靦腆的笑容表示，謝謝我的鼓勵，他會繼續努力的。

在此我忍不住地想告訴好友：妳的兒子很優秀，別再反對了。

104.12.8《人間福報》

用心良苦

雖然傳播媒體多年來不斷地利用各種方式宣導「喝酒不開車、開車不喝酒」的重要，但許多貪愛杯中物的人，還是一樣的我行我素，對這些廣告視若無睹，於是酒駕傷人害己的事故，每天都在上演。

每次在媒體中看到這樣駭人聽聞的消息，我都會想起鄰居張大哥的故事。五十多歲的張大哥，家有高堂老母，及一對念國中的兒女。他和妻子阿秀在傳統市場擺攤賣魚，生活過得去。

因為要批魚來賣，所以每天清晨三點，他都得從台北開車，到基隆漁貨場批魚和海鮮回來賣。在來回的過程中，因為是清晨，路上車輛會比其他時間少些，所以他常常是超速在開車。

他超速開車已經很不應該了，更糟的是，他喜歡在下午收攤後和朋友喝幾杯，邊喝邊聊到深夜，因此半夜三點起床的他，是仍有酒意的。但他為了買魚貨，就不顧一切，經常還帶著酒意開車。不管家人如何勸阻，他都無動於衷。

然而，畢竟是酒後開車，意外難免，且這樣的行為，讓他吃了不少罰單，也好幾次發生擦撞事故，雖死裏逃生，但還是住進了醫院養傷。

儘管他不斷地因酒駕惹禍，但他還是覺得自己的酒量很好，駕駛技術也是一流，不會出事的，更何況清晨時查酒駕的警察已收班了，不會那麼倒楣，還會被抓。就這樣，鐵齒的他不斷地拿自己的生命當賭注，並挑戰公權力。

他長期的不當行為，真讓他的老母及家人，天天過著提心吊膽的日子。去年他又在台北和基隆的交接處，撞上電線桿，幸好沒有傷及無辜。這一撞，讓他的生財工具小發財車，車頭全毀。當警察到了現場，他還在呼呼大睡，叫也叫不醒，不知自己又闖禍了，到鬼門關繞了一圈。

在住院期間，他家轄區的管區警員很熱心，不斷地透過社工，帶著他家老小，到病床前做柔性勸導，希望用親情感動他，讓他知道他的行為有多麼危險。不僅傷害自己，讓家人擔心，還會傷害別人，是害人害己的。

或許是親情的力量發揮了阻止作用，出院後的他，有了不一樣的思維。過去逞強的話語不再隨口說出，喝酒也有了節制。他知道自己一路走來，真的做了很多不良示範，讓家人傷心難過。他表示過去的他已死了，以後的他，酒後不會開車，要用實際的行動，來確保自己的生命安全。

出院那天，他的家人除了請他吃豬腳麵線去霉運外，並送了他一份最特別的禮物，那就是一支「酒測器」。現在的他把「酒測器」當護身符，每天清晨要出門時，一定先檢測一下自己的酒測值，只要超過了，就不出門。沒出門批魚，就無法做生意，沒做生意，就放自己一天酒「假」。

他覺得，現在的他對生命充滿安全感，能讓家人安心，是他最感驕傲的。也覺得過去的自己，太過鐵齒、太目中無人，做了很多對不起家人的事。

他很感謝家人對他的寬容，也感謝那些在他出事時，不斷幫助他的警察先生和救護人員。是他們的用心良苦，對他不放棄，一再地加以勸導，讓他能及時懸崖勒馬，保住一條珍貴的性命。

我常覺得，成長的代價雖然很高，但能及時回頭，還是值得的。多麼希望這個故事，能喚醒更多酒後駕車的人，不再酒後上路。只要你願意在酒後停止這樣一個動作，就可讓自己和家人平安度日，這樣的報酬率，太高、太美好了，你何樂而不為呢！

106.4《警友之聲》

樂天知命

在公車上，我無意中聽到這樣一段對話，讓我很驚訝，也感覺很受用。

長得白白胖胖、一臉濃妝、一頭褐色大波浪捲髮、穿著大花套裝、約六十歲上下的A太太，坐在司機後面靠窗的位置。

車子走走停停，不久又上來一位穿著休閒服、身形纖瘦、滿臉笑容、年齡和A太太相仿的B太太。或許她們相識，B太太一上車，A太太就示意她同坐。坐定後，B太太問A太太：「妳出去啊？」A太太笑著回答：「昨天在電視上看到，有位命理師算得很準，我就立刻報名，想算算看。我剛算完，感覺滿準的，而且不貴，只要三千元，妳要不要也去算一下？我可以帶妳去。」

B太太笑了笑，搖頭表示自己沒興趣。A太太又繼續表示，自己很愛算命，電視看來的、廣播聽到的、朋友口傳的，只要有人告訴她，哪裏有算命算得很準的，她一定要去算一下。

她很喜歡聽算命師說自己的前世今生，覺得非常有趣。她已經忘了這輩子因算命花了多少錢，說完哈哈大笑。

此時B太太也開口說：「我沒算過命，但從懂事以來，就覺得自己的命很好。父母給了健康的身體，還讓自己受高等教育，跟著又有了穩定的工作，衣食無缺，這樣的命要上哪兒去找啊？太完美了，我很感恩的。」她說完後滿足地嘴角往上揚。

聽完她們的對話，我如同上了一堂寶貴的智慧課，那就是樂天知命。

105.11.28《聯合報》

本文獲《聯合報》繽紛版「謝謝你的好故事」徵文金榜

評審的話

本文挺特別，作者抽離故事本身，要感動人較難，也不以文字細緻取勝，而是把眼前上演的日常說得太有趣了。

當初的選擇是對的

這幾天樓上陳奶奶家很熱鬧，因為她們家的孫子小明、小傑都回來了，小兄弟難得見面，高興地又跑又跳，樂得陳太太、陳奶奶眉開眼笑。

約四年前，六十多歲、常在菜市場擺攤的陳太太，因先生的過世傷心過度，所以中風了。

雖然身體還沒完全恢復，但她又到市場做生意了，因為她上有八十多歲、體弱多病的婆婆要照顧，下有兩個四、五歲的小孫子——小明、小傑，是她那愛玩的女兒未婚生的。

女兒把兩個兒子帶回家後，就從人間蒸發了。她沒有能力讓孩子上幼兒園，只好每天帶著小兄弟倆，上市場做生意。因為孩子東追西跑，她要顧生意，又要顧孩子，常常力不從心，大熱天忙到昏倒。

因為身體不好，所以她無法天天做生意，也就是說，她的收入很不穩定，儘管鄰居們偶爾伸出援手，但還是幫助不大。

許多親友當時曾勸陳太太，既然無法照顧孫子，不如把孫子出養給善心人士扶養，讓他們過正常的家庭生活，在父母照顧教導下成長。畢竟孩子的人生還很長，他們需要正規的教育，而這些卻是陳太太無法給予的。

一開始陳太太婆媳對這件事非常不認同，她們覺得自己的骨肉怎麼可以送人，不論吃好吃壞，也要一家人在一起。更何況孩子一眨眼就長大了。

兩年後孩子要入學了，名字、數字不會寫，更別說注音符號，兩老看到孫子的學習能力，比同齡的孩子差很大，這時才感覺到事態的嚴重，因為這些她們真的不懂。

就在社會局的安排下，陳家很不得已地讓孫子出養。小明被屏東一對從事教職的夫婦收養。小傑是被新竹一對在高科技公司工作的夫妻領養。

現在兩個小兄弟已進入小學，過著很正常的生活，他們的父母經常讓小兄弟見面互動，也時常相約帶孩子回家，看看阿嬤和阿祖，讓兩老非常開心。

每次兩老看著健康活潑的小兄弟，都會感嘆地說：當初的選擇是對的。

105.1.25《人間福報》

硬柴要用軟繩綁

前陣子家裏來了小客人，是讀小學一年級的小龍。他是住我家附近親戚的孩子，由於平時兩家互動頻繁，所以彼此並不陌生。

因小龍住美國的外婆發生意外，他的父母必須去美國處理一些事情。一時無法預估要去多久，所以臨行前把他託付給我。希望我能照顧他的生活起居，免得他耽誤了功課。

小龍到我家之後，整天除了滑手機之外，多半時間都在看電視，對老師交代的課業完全不想碰。他晚上一定要看電視，到很晚才要睡，第二天早晨又起不來。看到他這樣的生活習慣，我知道必須耐著性子，和顏悅色地好好跟他溝通。必要時還必須軟硬兼施，才能改變他長久以來的壞習慣。

就這樣，從第三天開始，我告訴他，晚上九點就要上床睡覺。當我把室內電燈關小時，他嘟著嘴，很不情願地上了床。第二天一大早，我就叫他起床，他低著頭去盥洗，換好制服後，不發一語地吃早餐，似在表達無言的抗議。

我將他打點好後，由老公送他去上課，並約好放學時來接他。到了晚上，他又吵著要看電視，我嚴肅地告訴他：先把功課做好，才可以看電視。結果他跟我討價還價，要求先看電視，然後再寫功課好不好？我搖頭拒絕，他迫不得已，只好先寫功課。

當他寫好功課，我接過來查看一下，發覺還算整齊清潔，於是大大地讚美他，說他表現不錯，要是能把錯別字改正過來會更好。他看看我，並問我哪個是錯別字。我一一把他教會，並督促他訂正完。寫完後他開心地問我：現在是不是可以看電視了？我點點頭，並遞上一杯他最愛的巧克力布丁。

或許是我說話算話，經常帶他上圖書館或書店看書，或讓他去公園，和社區小朋友一起打球，讓他對電視和手機的依賴減少。小龍的生活慢慢地變正常，每天早睡早起，對讀書和寫作業也發生了興趣。

一個月後他的父母回來，發覺小龍習慣改好了，不但不會賴床，還會自動自發地寫功課，驚訝得不得了，特地來問我是怎麼教的。

我笑著回答，孩子需要鼓勵，對一個個性好強的孩子，需要用柔和的方式，以愛心和耐心，慢慢地給於開導，終會有成果的。畢竟，綁硬柴用軟繩，最恰當不過了。

105.7.31《國語日報》

自作清潔劑

或許是因我的皮膚是乾性的，因此每到了冬天，就會乾裂脫皮，既不好看，也會發癢難受，所以我多麼盼望，能用溫和天然的洗潔劑來保護雙手，但這樣的產品很難買到，只能自己親手做。

記得好些年前，有次颱風過後，家裏屋後的柚子掉了滿地。因這些柚子不夠成熟，所以不能食用，只能任其腐爛，很可惜。鄰居教化學的張老師建議，不如把柚子皮拿來做成柚子油，當成清潔劑。

這樣不浪費柚子，又可為家裏省錢，最最重要的是，柚子皮做成的清潔劑，既環保又不傷皮膚。

就這樣，我把柚子洗乾淨再擦乾，用刀子把綠綠的表皮切下來，並切成小塊，裝入乾淨的玻璃瓶。

柚子皮只能裝七分滿，然後加入藥用的95度酒精浸泡，酒精要淹過柚子皮。浸約兩星期後，當綠皮已變成土黃色時，柚子油就成功了。

這時把柚子油倒出，一杯柚子油要加入三杯水，和四分之三杯的椰子油洗泡劑一起來稀釋。攪拌均勻後，可裝入空瓶子備用，洗碗盤時滴幾滴，好洗、好清理又護手。

剩下的柚子皮，要洗衣服時，用舊絲襪裝幾片放入洗衣槽，不僅衣服洗得很乾淨，而且穿在身上，會飄著淡淡的柚子香。

也可以在洗碗槽的過濾網上放幾片柚子皮，這樣洗菜洗鍋的水往下流，順便會把水管的油垢清洗乾淨。刷浴室時也可以用小碎布包幾片柚子皮來擦洗，整個浴室會亮晶晶。

自己動手做很方便，也可以和小朋友一起做，給他們機會教育學習，知道環保的重要，享受動手做清潔劑的好處。

秋天是吃柚子的季節，家裏有柚子皮的不要丟了，不妨學做看看。若沒有柚子皮，用橘子皮或柳丁皮代替，功能是一樣的。

它不需要花很多時間，不用什麼成本，做一次又可用很久。自從使用自製的清潔劑後，手不再脫皮乾裂。

想想看，能利用丟棄的果皮，自己做生活上的清潔品，保護了雙手，又做了環保，真是一舉數得。

106.2.27《人間福報》

不記仇，家圓滿

小咪是同事中最晚婚的。婚前小咪看到公司的許多聚會裏，已婚的夫妻們常為了芝麻小事在吵架，例如，喝什麼飲料、坐那個位置，都可以因個人想法，而吵個不停。

當時小咪一直想不通，為什麼兩個相愛多年的男女，一旦有了家庭，就會有吵不完的架。大家都有感情做基礎，結婚不就是彼此最憧憬的結果嗎？儘管如此，夫妻吵架還是一直發生在許多夫妻之間。

當小咪決定要結婚時，她去聽了幾場有關夫妻相處的演講，有一回有位老師分享了自己的經驗。由於老師的父母都生病，需要龐大的醫藥費，所以他每天下班後，都利用晚上開計程車，賺些錢來貼補家用。

為了有好體力來開車，他不敢跟太太吵架，因為吵架會讓他整晚睡不好，睡不好直接影響他第二天的工作效率，也就是會影響收入，而且傷神又傷感情，對夫妻來說，是雙輸的，很划不來。

或許是看過太多同事因吵架讓家庭不和諧，也或許是老師的演講帶給小咪很大的啓示。所以每次夫妻間吵架時，小咪都平心靜氣地想想看為什麼會吵架，結果她發現許多的架要不是彼此太堅持己見，是可以避免的。

有了這個概念後，她學會寬容、不記仇。每個人多少承擔著不同的壓力，雙方該相互體諒，畢竟夫妻和諧，家才能圓滿、幸福。

102.6.25《自由時報》

結婚容易守婚難

我常覺得，夫妻像雙打的球員，要有好的默契，相互攻防，互相幫助，堅持到最後才能獲勝。

昨天在捷運站，巧遇以前的同學小茹夫婦，僅半年未見，他們夫婦比以前憔悴很多。他們見我驚訝的樣子，小茹未語淚先流。原來他兒子小強的婚姻出了狀況。小強今年二十八歲，四年前他奉父母之命，和相愛多年的同事結婚。當時小茹夫婦非常開心，想想兒子終於結婚了，要是再添個孫子，那他們就今生無憾了。結果一切如他們所願，媳婦第二年就生了一個孫子。

正當他們夫婦陶醉於有孫萬事足時，結婚才三年多的媳婦，經常打電話回來哭訴，抱怨小強經常晚歸，問他就不高興，好像有外遇。

小茹夫婦好不容易找來兒子問清楚，兒子的回答是：「我遇見以前的女朋友，就去她家陪陪她，這樣不行嗎？」小茹夫婦氣到大吼，並指責兒子已經結婚了，怎麼可以去住別的女人家。沒想到兒子說：「當初我本來就不想結婚，是你們硬逼我的，不是嗎？」

兒子的話如當頭棒喝，一句句地敲醒他們。他們很後悔，當初他們覺得，兒子有女朋友了就該結婚，婚後快點生小孩，免得以後父老子幼。沒想到這是自己的一廂情願，至於兒子是否準備好了、有沒有能力照顧妻兒，卻是他們疏忽的，才會造成今天婚姻的破碎。

聽小茹這麼說，讓我想起前幾天參加的一場關於婚姻相處的演講。講師是婚姻諮商專家，處理過很多在父母逼迫下成婚，最後卻走上離婚之路的案例。他語重心長地表示，有很多父母認為，兒子成年了，有工作、有對象，就該結婚了，這樣人生才算完美。殊不知每個人的個性、對婚姻的認知及抗壓性不同，並不是每個人都適合結婚，與其婚姻不幸，造成很多傷害，就不如不要進入婚姻。

父母希望子女成家，是天經地義。若能在婚前讓子女瞭解婚姻的神聖和責任，準備好了再上路，才是最好的，畢竟結婚容易守婚難。

找對方法

或許是身為家庭主婦，在採買蔬果時，經常聽過大蒜的妙用，但不善烹飪的我，只把它爆香炒菜而已，並不知道它醃製後食用，對健康會有益。

一直到三年前，姪女送我一罐自製的糖醋蒜後，我開始試吃，才證實它的妙用。

其實剛拿到那一罐有點淡褐色的湯汁，及一顆顆蒜瓣漂浮其中的糖醋蒜時，我不知道要怎麼吃。因為我總覺得吃大蒜後，口中會有不好的味道，講話會很不禮貌。

為了解決困擾，我只好上網尋找相關的資訊。結果在網路上，我找到幾則不同說法的吃法。有人說：蒜已經熟透了，沒有辛辣味，就可以直接吃，剩下的湯汁，可以稀釋加溫開水喝，也可以在煮魚時加一些，不僅可以去腥，還可以讓魚更加美味。也有人說：不敢生吃可把它剁碎，灑在涼拌的小黃瓜或大頭菜上，風味絕佳的。

看了幾則相關資料，我發覺內容大同小異，不過每個人一致的說法是，只要不要吃過量，它對身體健康一定有幫助。

一想到它的好處，也為了不辜負姪女的好意，我每天吃飯時順便吃兩顆，這樣口腔不會有味道，也把湯汁加溫水一起喝。

約吃了半年後，我發覺我的體質改善了，原本腸胃的不適，不知不覺變好了，感冒也不見了。這些都拜網路之賜。

網路世界是無遠弗屆的，其中虛實兼俱，需要用心評估再做決定，才有預期的效果。

104.1.3《聯合報》

「泳」往直前

家裏的孩子念的國中有游泳池，所以從國一開始就有游泳課，有教練指導。因此同學都有很好的游泳基礎，每個人都很喜歡游泳時放鬆心情、自在優游的感覺。

由於游泳可讓四肢平衡發展，也可磨練孩子的耐性，對孩子的身心健康和體型的發育，有直接的幫助，尤其對正在成長的國中生，更是對身心靈發展都有很好的幫助。游泳是很正面的運動，既能舒發壓力，又可強健身體，所以學校一直鼓勵孩子們多參與，不一定要上游泳課才游泳，也可利用假日下池享受游泳的樂趣。

或許是游泳不僅讓學生游出興趣，還游出獎牌，所以每年的畢業典禮，學校都會舉辦一場與眾不同、別開生面的畢業活動，讓師生與家長歡樂度過。

畢業典禮當天，游泳池畔繫滿了五顏六色的彩帶。畢業生在游泳池的一端，每十二人一組，當哨聲響起，一組人就躍身而下，游五十公尺到另一端。接受在校生獻上花環，受到英雄式的歡迎，也代表著傳承。然後在掌聲中，從校長手中領畢業證書。

每個孩子在一躍而下時，都努力地把三年來所學到的泳技，展現在所有師生和家長的面前，享受掌聲和祝福。相信這會是他們一生中很難忘的時刻。

畢業是一個學習的告一段落，這個學校用游泳的方式來慶祝，並鼓勵學生「勇往直前」，其意義是深遠的。

103.7.6《國語日報》

因父母介入

其實她是很不願意再次提起這件往事，因為那對她來說，會是再一次不堪的打擊。

記得那年她才二十出頭，在公司認識了大她三歲的A君，說話輕聲細語，工作很認真，和她很談得來。或許是日久生情吧！她們認識兩年後，成了男女朋友。

甜蜜的日子似乎過得特別快，三年過去了。有一天他告訴她，十月初的第一個周末，是他媽媽的生日，他希望她能去他家。幾經掙扎，最後她答應了。

第一次要去對方家，又是男友母親過生日，她想總要準備一份禮物。她找他商量，看看送什麼比較好。他說：「妳能到我家，我媽高興都來不及，不用送什麼禮物啦！」

雖然他這麼說，但她還是覺得，空手去人的家裏真的很不禮貌。最後她送了一件毛衣和一個蛋糕。

那天剛進他家門，他父母都很開心，親切地招待她。用餐過後，他媽媽拉著她坐在身邊，開始對她做身家調查。她告訴他媽媽，自己來自南部的鄉下，沒念什麼書，父母是種田的，家裏只有兩分地，有六個兄弟姊妹……

當他媽媽聽到她的回答，臉色是一陣青、一陣白，沒有再和她說什麼。她已記不得那天是怎麼離開他家的。

第二天A君看到她，一開始很尷尬，不知要說什麼，倒是她先開了口。她說：「每個人的價值觀不同，你媽媽或許有她的想法，我沒關係的。」她把話說完就離開了。

他急著追上來，很激動地表示，給他一點時間，他會跟父母好好溝通。這樣又過了一年，她看他總是敷衍了事，他的表現讓她心力交瘁，因為看不到希望，想走下去卻心灰意冷、寸步難行。她只好告訴自己，離開會是最好的選擇。

105.11.23《自由時報》

大社會的小縮影

有人說：「傳統市場是一個大社會的小縮影，裏面是臥虎藏龍的。」所以很多人喜歡去逛菜市場，希望會有驚奇的發現。對於這樣的說法，一直都在傳統市場做生意的我頗為認同。

最近市場裏就來了兩個生面孔，他們都是五十出頭的先生。先說第一位賣皮包的先生，中等身材，皮膚白皙，一臉靦腆，說起話來慢條斯理，遇到顧客殺價就緊張到臉紅，說話就吱吱嗚嗚的，怎麼看都不像在菜市場討生活的人。

經過幾次的相處，我知道他來自雲林鄉下，是農村長大的孩子。三十年前，畢業於台大國貿系。一開始他擔任公職，並在下班後到補習班兼差教英文。幾年前卸下公職，因為幫好朋友的忙，讓他借了很多錢給朋友。沒想到朋友投資失利，無法償還，只好以做皮包的工廠來抵債。

就這樣，他一夕之間成了皮包工廠的老闆，有十幾個員工。工廠的皮包都內銷，在國內各大賣場、精品店或百貨公司設櫃寄賣。

每當產品完成後，由工廠直運到每家商店，每三個月結帳一次。結帳時沒賣出的，由工廠收回，再換新產品上櫃。

最近幾年因經濟不景氣，出貨率越來越低，但他為了讓十幾位員工生活安定，一直勉強維持著。然而最近半年來，許多商店在無預警之下倒閉了，他不僅沒收到貨款，連送出去的皮包也被店家帶走了。

一個工廠走到這樣，沒有收入，還得發薪水，實在撐不下去了。不得已找來員工商量，沒想到員工告訴他，他們願意每天早上分頭去不同市場賣皮包，幫老闆換些現金回來，下午再繼續工作，這樣工廠就可繼續運作了。

工人的那份願意和他共體時艱的心意，讓他很感動，經過幾天的思考，他決定變賣工廠，把所得通通分給員工當安家費。

當一切處理完後，他開始每天勤跑市場，載著一大堆不同尺寸、不同顏色的皮包擺攤，希望早日把庫存清掉。

或許他沒有擺攤經驗，所以認為掛了一個寫著特價499元的牌子就夠了，客人會照標示付錢。他沒想到很多婆婆媽媽就是愛殺價，讓他不知所措，只好不停地解釋。經過幾個月的磨練，如今的他在應對進退上都很能得心應手。許多觀光客喜歡買他的包包，因為他一口流利的英語，把包包的物美價廉，說得淋漓盡致，讓觀光客樂意掏腰包。

另一位長得很高大、滿臉紅潤的先生，身穿潔白的衣服，頭戴高高的白色帽子，就是一副名廚的架式。

他的攤子鋪著白色的桌布，上面有十幾個白色的瓷盤，盤裏裝著各種色香味俱全的小菜，每一道都令人垂涎。

由於顏色和香氣都很特殊，所以非常受顧客的喜愛。每次客人來買，他都很認真地告訴對方這道菜的菜名，以及它是某餐廳的主菜。他常在有意無意之間讓買者知道，這樣的菜本來在大飯店才有，如今能花很少的錢就可以吃到，那是多麼幸福的事。

因他的每句話都讓買者感動，又能把食材、配料的新鮮度交代得很清楚，讓買者買得很安心。大家互動久了才知道，原來他是某五星級飯店的主廚，因為近來飯店客人不多，生意不好，在收支無法平衡下，飯店只好歇業。

他一時之間失業在家，有一天他老婆提議：你乾脆做些菜到市場賣好了，把大飯店的菜搬進菜市場，一定會大受歡迎。老婆的話是有道理，但他認為自己不會做生意，所以一開始他很掙扎。畢竟以前都在廚房，只要把菜做好就行，現在要站在第一線，感覺就很不自在。

儘管他很掙扎，但在老婆的鼓勵下，他放下身段，努力地展現專業，不知不覺中，就成了菜市場的總鋪師。由於菜色與眾不同，加上名廚的加持，生意比預期的好。

菜市場就是這樣，到處臥虎藏龍，隨便逛逛就會有驚奇的發現。感覺上它像個大舞台，提供了可以讓人揮灑的空間。任何人只要肯用心，演好自己的角色，同樣可獲得熱烈的掌聲。

105.12.25《聯合報》

過去的就讓它過去

新年過後，她經常到醫院去探視秀玉。每次看到秀玉躺在病床上，沒有知覺、雙眼緊閉、包著紙尿布，整個人像個超大的布娃娃，任憑看護翻來翻去，靠人擦洗、餵食時，她的心都好沉痛。心想，原本好好的一個人，怎麼才幾年不見，就變得只剩一口氣了呢？

她和秀玉都是從南部來台北工作，原本素不相識，卻因共同工作才結下這個緣。或許是年齡一樣，又在他鄉相遇，所以兩人感情親如姊妹，無話不談。由於兩人一直很親近，所以有些事就在不知不覺中發生了。

幾年前秀玉在感情上背叛了她，讓她既憤怒又傷心，從此兩人形同陌路。她不接秀玉的電話，也不聽她的解釋，彼此的裂痕愈變愈大，直到無法收拾。

她深知在這件事上，自己堅持不接電話、不聽解釋、不接受道歉的種種舉動，讓秀玉非常傷心。秀玉曾透過共同的朋友傳話，希望能得到她的原諒，但她認為成年人所做的事自己要去承擔，沒有原不原諒的問題。就這樣，她們如斷線的風箏，幾年來不曾聯絡過。

這幾年，她隨著年齡的增長，看多了世間人情世故，對很多事的看法也有了改變，對於情感上的背叛，或許因為事過境遷，也慢慢地釋懷。現在的她懂得一個巴掌拍不響的道理，所以覺得這件事不能全怪秀玉一個人。

有了這樣的認知後，她開始想到秀玉的貼心和善良。每年端午節，秀玉知道她很忙，都會事先包好她最喜歡吃的用野薑花葉子包的粽子送她。秀玉也常幫她準備早餐，一個饅頭裏面夾個荷包蛋，另外加上一小包的花生，說這樣吃起來更對味。午餐的便當裏，經常會出現她認為最下飯的水煮鹹豬肉。

每每想到秀玉的用心，她就想打個電話給秀玉，告訴她：過去的就讓它過去吧！我們還是跟以前一樣是對好姊妹。偏偏這通電話她一直沒打。

沒想到過年期間寒流來襲，秀玉因感冒引起併發症，一直陷入昏迷。她兒子幫她整理包包時，發現她留下的唯一的一通電話號碼，才跟她聯絡上。兒子相信媽媽會留電話的，一定是很好的朋友。她握住電話哽噎地告訴對方，她和秀玉真的是很好很好的朋友。

她每次去看秀玉，握著秀玉的手，很後悔當初為什麼沒把自己的心意告訴秀玉，好讓她寬心。她知道秀玉很在乎這件事，才會留著她的電話。

這件事讓她覺悟到，很多話該說的時候就要說出來，一旦失去了機會，反而變成永遠無法彌補的虧欠，會終生遺憾的。

105.12.19《聯合報》

以桃代李

秀春來自很傳統的鄉下，鄉下人很熱誠，哪家有女初長成時，都會來說媒提親，希望成就好姻緣。

她二十多歲時，有位遠親上門幫她提親。儘管她媽媽和她都一再地表示，她年紀還小，婚姻大事過幾年再說，但她家的這位遠親很有耐心，一直憑三寸不爛之舌，找她憨厚老實的父親游說，希望她能讓對方「借看一下」。

她父親在不得已之下，就答應對方的相親。她父親的意思是，希望她能端個茶給對方喝，至於會不會有緣，還很難說，至少女方有不願意的權力。她在父命難違之下，沒再說什麼。

那天早上，遠親帶著對方家長及兩位長輩，加上男主角，一起到她家來。她家除了父母在場之外，鄰居的叔伯也過來一起坐。

大家坐定後，她依傳統習俗奉了三次茶，過程中長輩們都在閒聊，長得很斯文的男主角很少開口。

他們離去後的第三天，遠親受男方之託，希望拿她的八字去合，可以的話就要下聘娶親。

當時她忽然想起，自己好像有位同學就和男方住同村，於是她打電話找同學聊聊。聊天時她順便問同學：妳們村裏不是有個大我們兩居的陳學長嗎？同學說：「那個學長現在在教書，因為長得斯斯文文的，聽說經常替他大哥去相親。」聽到「相親」二字，她很敏感，於是繼續問同學：為什麼替哥哥相親呢？同學的回答是：哥哥因曾經出過車禍，腳有點跛，怕被女方嫌棄，所以相親時都由弟弟代替。他們的父母認為，當生米煮成熟飯時，一切就水到渠成。

她把同學的話告訴父母，父母找來遠親問明白，他低著頭沒說什麼。或許是她和對方無緣，才會無意中知道了真相。

105.10.9《自由時報》

放棄所有獲得全部

今天是陳伯伯九十二歲的生日，他兒子媳婦特別請鄰居們到他家來坐坐聊聊。

記得十五年前，當時七十七歲的陳伯伯，因中風造成半身不遂，說話不便，生活無法自理。

陳伯伯突然倒下，讓全家人在在毫無心理準備下非常難過，尤其是當醫生的兒子大偉更感覺愧疚。他覺得自己是醫生，卻沒把父親照顧好。

他當下發願要辭去工作，專心地照顧父親。但家人不同意，因為大偉當時有個升遷的機會，他服務的醫院，院長快要退休了，他是升院長的人選之一。

一開始他也猶豫，畢竟從實習醫師到有資格被選為院長，是付出了多少努力，而這樣的榮譽，又是多少為醫者夢寐以求的機會。幾經思考後，大偉選擇放棄院長職位，退休在家照顧父親。

他的放棄讓很多人大呼可惜，因為大家認為，當院長同樣可以照顧父親，然而他不這麼認為。

辭掉工作後，他認真研究父親的病，除了借重自己西醫的專業外，他還遠赴中國和美國研究中醫，包括中藥和針灸。只希望透過中西醫的優點，能讓父親早日康復。

就這樣，大偉使用中藥、西藥，加上用推拿和按摩讓父親舒緩筋骨，也利用陪伴、談心、飲食和散步，讓父親敞開心懷配合兒子，結果效果如大偉的預期。

經過大偉一年的照顧後，陳伯伯右邊不能動彈的大腿，開始有了會痛的感覺。慢慢地，陳伯伯開始可以站立了，漸漸地，他可以用走路輔助架跨步、移動腳步。

大偉發現父親的病有了起色，即使很慢，他還是有信心，他知道自己對父親的有形無形的作法都是對的。

隨著時間的消失，十多年過去後，陳伯伯已經不需要輔助架就可以慢慢走路了，說話也不再口吃，和家人互動都很順利。

每回有人提到他不該退休的事，他都笑著說：「我放棄所有，卻獲得全部，自己才是大贏家呢！」大家聽了無不開心笑了。

105.6.22《人間福報》

美夢成眞

1. 這些人，那些事

因在菜市場做生意，日子一久，就認識了很多人。由於每個人的個性及生長環境不同，所造成的人生觀和價值觀都很不一樣。有人開朗豁達，有人知足感恩，有人認命惜福。

滿頭白髮、八十歲的張伯伯，人高馬大，身體健康，講話聲音宏亮，有優渥的終身俸，沒有經濟壓力。十幾年前他剛退休時，太太就因病過世了。他一時無聊，就跑來菜市場做生意，想打發時間，並交交朋友，希望晚年生活多些趣味和熱鬧。

他賣的是親戚家生產的皮件類，有旅行箱、皮夾、皮包等等。由於只是為了消遣，所以他每天早上九點到市場，十二點準時收攤。

他很喜歡古裝劇，也很愛說故事，在他旁邊擺攤時，經常聽到他說《神鵰俠侶》中的楊過和小龍女的愛情故事。還有在《三國演義》中，他認為孔明是絕頂聰明的，劉備是寬仁聖明的，曹操是比較暴躁跋扈的。他對每個人物的特質描述很傳神。

他不說故事時，會哼著費玉清的「晚安曲」或「挑夫」，只要沒客人上門，他就哼哼唱唱，自娛娛人。

張伯伯看似隨興愛說唱，但他有一顆熱誠助人的心。攤販裏哪家有困難，他絕對默默地鼎力相助。前些日子有位低收入的陳奶奶過世，他就出錢出力。七月裏，小吃攤的單親媽媽的女兒，考上了醫學院。他知道後包了十萬塊的紅包，當女孩的「獎學金」。他認為以獎學金為名，對女孩來說是一種鼓勵，不是幫助。他的用心讓女孩母女感激涕零。

小趙是賣碗盤的，從小在孤兒院長大的他，知恩惜福，善良刻苦，雖不擅言詞，卻樂意助人。他隔壁攤賣水果的阿伯，每天載一卡車的貨來，因年紀大，搬貨很吃力，他只要擺好攤子，馬上就去幫忙。

最近天氣熱，那天有位大叔中暑暈倒。他一面叫人打119，一面連忙把大叔抱起往路口衝。他認為這樣可省去救護車在巷子裏繞的時間，對病人來說，急救的黃金時間是分秒必爭的，太重要了。

記得有一次，市場裏住五樓的丁先生大病初癒，剛出院回來，身子虛弱加上身材肥胖，要爬上公寓的五樓實在很困難。當他嬌小的太太正著急地四處求救時，小趙眼尖看到，馬上衝過去，彎下腰背起丁先生往五樓爬。

好不容易把丁先生送上五樓，他才氣喘如牛地下樓來。看得出來這一趟，以他和丁先生體重比例落差，他是爬得很吃力。而他卻兩手一攤，苦笑著說：「人在緊要的時候，自然會有爆發力，讓工作順利完成。」小趙就是這樣，把別人的事當自家的事，常常幫助需要幫助的人。

提到纖瘦、動作俐落、待人親切的江姊，市場的人無不稱讚。她年輕時老公因病過世，由於還年輕，又沒有子女，公婆希望她找個可靠的人嫁了。她為了感謝公婆對她的這份慈愛，決定留下來，代替老公盡人子之孝，照顧公婆到老。

為了照顧年邁的公婆，她辭去原本穩定的工作，改在菜市場擺攤賣滷味。她認為公婆體弱多病，經常要進出醫院，每次都要請假，很不方便。而做生意時間是自己的，好支配，這樣對彼此都好。她的滷味種類很多，加上新鮮、價錢公道，所以生意很好。

她不僅要照顧年邁的公婆，幾年前，她已離婚的小叔因一場意外，留下一個五歲的小男孩，她也把他接過來同住，視如己出地給予照顧。如今小男孩念國中了，很懂事、很貼心，會幫忙照顧爺爺、奶奶，假日時偶爾也會來市場幫忙做生意，分擔江姊的工作。

我常覺得，每個人的人生際遇不盡相同，但這些人卻能在不同的環境中，認真地克服困難，努力地用心生活。更難得的是，他們會利用自己有限的能力，去關懷身邊的人，把人性的光輝發揮到極致。那種誠摯的付出，所散發的溫暖，真的特別令人感動和敬佩。

106.10《警友之聲》

2. 當嬰兒的哭聲響起

我一直很喜歡小孩，喜歡他們的天真無邪，和銀鈴般的笑聲。

或許對小孩有股濃得化不開的喜愛，所以婚後我一直希望自己能早點有個孩子。但多年過去了，一直沒動靜。看過西醫時，才發現我少了右邊的輸卵管和卵巢。雖然醫生告訴我，女性缺了這些器官，要懷孕很難，但我卻不認輸，始終不願意放棄，因為我相信很多的時候，「奇蹟」是存在的。

知道身體有缺陷後，一開始我心靈很受傷，然而為了圓孩子夢，我樂觀面對，也不顧一切地，只要聽到坊間有什麼妙方可幫助懷孕，再苦再貴的湯藥，我都往肚裏吞，心想有吞就有機會，我不能錯失任何一個機會。

為了帶給自己希望，每次吞藥前，我都雙手合十，很虔誠地祈求上蒼，能賜我麟兒，讓我有機會當個母親。

儘管幾年過去了，我的肚子也沒有動靜，但我還是懷抱著希望，只要有藥方我就喝，我相信命運之神總有一天會眷顧我的。

或許是喝了太多的苦藥，讓註生娘娘感動了，某天我早起刷牙時，忽然嘔吐了，我知道自己懷孕了。進產房那天，我因產痛劇烈，過程中昏昏沉沉、意識不清，但當嬰兒的哭聲響起，我為美夢成真而哭泣。

106.3.31繽紛連結

3.窩築好了

小時候聽長輩說：「鳥類可以展翅高飛時，就得離巢去另築新窩，表示長大了。」這也比喻著人長大後，就要離家去自立，不能凡事靠父母了。

離開學校後，我從鄉下來到台北謀生，為了節省開支，一切從省開始。租在用木板隔間的違建裏，廁所、廚房需公用。別人抽菸，我家霧茫茫；別人喝酒，我跟著醉，生活裏少了品質和自在。

為了要離開這樣的環境，我有個強烈的夢想，希望將來有一天，我有自己的窩。為了要築夢，我努力地工作，臭的、髒的、別人不想做的，我來者不拒，常常身兼數職。看著存款簿的數字一直在增加，我發覺我離美夢又跨進一步。或許只是一小步，但我甘之如飴。

為了實現夢想，我不僅努力工作，只要有機會進入豪宅時，會好奇地四處張望。我發覺一個家有了花草相伴，會變得更溫馨美麗。

因我的刻苦讓老闆很感動，有次他要換房子，就把舊房賣給我。他要我有多少付多少，餘額免利慢慢還。

就這樣，幸運如我，因遇到貴人，有了自己的窩，一個可遮風避雨的地方。在築窩的過程中，我照著夢想打造，前庭後院種滿花草，讓家裏處處花香，結果一切如想像中完美愜意。

106.4.12繽紛連結

先瞭解狀況再決定

記得兒子小六時，有一天告訴我，星期天早上七點，他想和四個同班同學一起騎車到淡水。

由於他平時愛騎單車，所以他的要求我沒有很訝異。因為小六了，他有他的交友圈。當時我沒有一口答應，先問他：只有和同學一起去嗎？他回答有兩個同學的爸爸會一起去。他們去騎好幾趟了，很有經驗的。聽到這裏，我原本不安的心已經放下一大半。

我告訴他和有經驗的同學一起出遊是很好，更何況還有家長在身邊照顧。為了多瞭解當天的情形，包括來回需要多少時間，需要準備什麼等等，我問他：可以給我同學家的電話嗎？他猶豫了一下就告訴我了。

透過電話，同學的家長要我放心，他們會照顧孩子們的。結果那天孩子們玩得很開心，也對我先弄清楚再答應的方式很認同。

我覺得孩子們上學後，多了來自不同家庭的同學，有時難免相約出遊。這時當家長的不需一口先答應，也不需要用拖延戰術，免得孩子們起疑心。先和顏悅色地瞭解，他們要去的地方是否有安全的顧慮，他們和哪些人一起去，有了初步的瞭解再評估。認為安全無慮的，當然可以答應；至於不合適的，也要讓孩子知道你反對的理由，不是不讓他去，而是真的此處不適宜。能和孩子溝通好，讓他知道你的用心，是要比無謂的反對更好。

103.8.10《自由時報》

共襄盛舉闔家歡欣

自從媒體報導，基隆港要展覽黃色小鴨，以及動物園的圓仔將在何時與大家見面時，家裏的孩子們就吵著想去參觀。

每當這個時候，我會視當下的情況來決定是否要去。因為有的活動可遠觀，例如煙火秀或黃色小鴨；有的則非近距離不能滿足孩子們的視野，就像看圓仔。有了初步的概念後，我會再做當下主題資料蒐集，好讓孩子們先瞭解狀況。例如，黃色小鴨是荷蘭藝術家霍夫曼的作品，而圓仔是團團和圓圓的孩子。

決定後為了避免浪費太多的行車時間，或人滿為患的不便，我都會先上網蒐集相關的資料，包括交通、天氣、日期，然後配合自己的時間，在天時、地利、人和狀況下出門。若有些無法配合的，就只好取消，免得發生乘興而去、敗興而歸的不愉快經驗。

這次黃色小鴨展覽時，一直都在下雨，而且氣溫相當低，所以我選擇放棄。而到動物園看圓仔，我選擇除夕前一天，結果因參觀的人少，老天爺又賞臉，所以一家大小把歡樂的心填滿到溢出來，直呼超棒的。

我覺得有特殊的活動，家長在時間和經濟允許之下，是可以參與的，因為很多機會錯過了就沒了，與其錯過後再遺憾，倒不如當下排除困難、積極參與來得可貴。

相信只要用心計畫，會有好收穫的，也會讓一家人難忘的。

103.3.16《自由時報》

由奢入儉不難

雖說由奢入儉很難，但我卻認為，那也不是絕對的，因為每個人的意志力不同。

十幾年前，阿香是我們這群老同學裏生活環境最好的，老公開工廠，每月淨賺超過百萬。因收入豐富，夫妻倆是開名車、住豪宅的生活方式，就是上流社會的典型，不知羨煞了多少親朋好友。

多年前，她老公為了拓展業務，把所有的積蓄，大約台幣八千萬元，全部拿到大陸投資。剛開始的兩、三年，做得不錯有賺錢。第四年開始擴廠，因資金不夠，向親友們借了一千多萬。本以為工廠變大了，收入會增加，偏偏遇到大環境的改變，如人民幣升值、工資三級跳、大陸環保意識抬頭，於是開銷增加，收入卻減少，造成收支不平衡，只好向當地銀行借貸。

在入不敷出又要還貸款的狀況下，負債越來越多，最後工廠被法拍。她老公把帶去的錢都賠光了，還欠台灣親友一千多萬。夫妻倆沒有逃避，回到台灣和親友們商量，用分攤的方式，每月還一些，還到完為止，時間不限。

當時夫妻已是近五十歲的人，在一無所有之下，他們選擇了在菜市場做小生意，賣些水果和蔬菜，因為市場每天都有現金收入，成本又不會太高，賣完了再去批貨，沒有資金周轉的問題，非常適合她們的處境。就這樣，夫妻倆每天清晨四點就到果菜批發市場買需要的蔬果，再載到市場去賣。老公先送她到一個市場，卸完貨自己再到另一個市場賣，也就是一早出兩攤。早市收攤後，又去黃昏市場繼續做生意，兩個人做四個人的工作，只希望多賺些錢，早日把債還完。

夫妻倆一改以往的奢侈生活，放下身段，胼手胝足，穿上圍裙，戴上斗笠，就在市場叫賣，夜以繼日地奮鬥，那種吃苦耐操的精神，令周遭的親友刮目相看。我覺得不管由奢入儉有多難，只要意志力堅定，那就無堅不摧了，她們夫妻就是最好的見證。

102.9.17《人間福報》

鼓勵和指引

記得大女兒小時候很愛看卡通片。每一回她靜靜地看完後，會拿來紙筆，畫下她印象中的劇中人物，如小甜甜、小英或頑皮豹。

她每次畫完後覺得不像的，會認真專注地不斷把它修飾，直到她自認滿意為止。對卡通人物如此，對桌上的靜物、動物園的長頸鹿也一樣，看到喜歡的，就會拿起筆畫下來，而且都畫得有六、七分像。

知道她對畫畫有興趣，並樂在其中，開始上學後，身為家長的我們，從未阻止她繼續畫，只鼓勵她不能因為愛畫，而疏忽了其他課業，結果她都表現優異，如今在繪畫上擁有自己的一片天。

一位親戚的兒子，從小穿衣服就很重視色彩和線條的搭配。媽媽帶他去買衣服，他都有自己的主見，結果自己選的衣服穿出門都獲好評。

父母發現孩子對色彩和線條的敏感度很特殊，常帶他看服飾展，並鼓勵他可以就讀相關的科系，最後他學服裝設計。或許是有特質，加上正確的學習環境，如今他有自設的品牌，還得過國際的服飾設計獎。

我覺得孩子的優勢和特質，需要家長和老師，在他們的生活或學習過程中來發覺。若發現孩子有不一樣的天份時，能給予開發和鼓勵，並給予指引和協助。

相信只要讓孩子們能擇其所適，愛其所選，必能讓他們完成人生的夢想，也能把特質發揮到淋漓盡致。

104.4.5《國語日報》

懷鄉思親念美濃

作　　者／劉洪貞
出 版 者／生智文化事業有限公司
發 行 人／葉忠賢
總 編 輯／閻富萍
地　　址／新北市深坑區北深路三段 258 號 8 樓
電　　話／(02)26647780
傳　　真／(02)26647633
E - mail ／service@ycrc.com.tw
網　　址／www.ycrc.com.tw
ISBN ／978-986-5960-14-8
初版一刷／2018 年 2 月
定　　價／新台幣 250 元

總 經 銷／揚智文化事業股份有限公司
地　　址／新北市深坑區北深路三段 260 號 8 樓
電　　話／(02)26647780
傳　　真／(02)26647633

國家圖書館出版品預行編目（CIP）資料

懷鄉思親念美濃 / 劉洪貞著. -- 初版. -- 新
北市 : 生智, 2018.02
面；　公分

ISBN　978-986-5960-14-8（平裝）

855　　　　　　　　　　107001664